Alessandro Cattelan

ZONE RIGIDE

MONDADORI

Dello stesso autore
nella collezione Arcobaleno
Ma la vita è un'altra cosa

Per il testo di *The End* (di J. Lennon – P. McCartney) © Northern Songs/Sony ATV Tunes LLC. Subeditore per l'Italia © SM Publishing (Italia) srl.

L'editore ha ricercato con ogni mezzo i titolari dei diritti di riproduzione dei brani delle canzoni contenute nel testo senza riuscire a reperirli tutti: è ovviamente a piena disposizione per l'assolvimento di quanto occorra nei loro confronti

www.librimondadori.it

Zone rigide
di Alessandro Cattelan
Collezione Arcobaleno

ISBN 978-88-04-59692-9

I edizione marzo 2010

Indice

Zone rigide

Colui che si accosta al tempio delle muse privo di ispirazione, illudendosi che le doti di artigiano possano bastare, resterà per sempre un improvvisatore e i suoi versi arroganti verranno oscurati dal canto dei folli.

PLATONE

Love is a dog from hell!

C. BUKOWSKI

Il coma etilico è uno stato neurologico alterato causato da un'intossicazione di etanolo. La quantità di etanolo che causa il coma etilico varia da persona a persona e dalla gradazione alcolica delle bevande ingerite. Il coma etilico è molto pericoloso perché può provocare l'arresto cardiocircolatorio o l'arresto respiratorio. Una persona in questa situazione deve essere subito soccorsa e portata in ospedale.

WIKIPEDIA

Molte delle situazioni e dei dialoghi di questo libro sono frutto del ricordo e della mia personale elaborazione di incontri più o meno fortunati nella mia vita. Tra quelli fortunati mi sento di celebrare con un saluto e un sentito ringraziamento, tra gli altri: Ludovica, la mia mamma e il mio papà, Dery, Alexio, Olli, Ceccone, Marcello, Fede, il Granchio, Nico, il mio editor Alberto Gelsumini e Franchino.

Mi sento anche in dovere di chiedere scusa e di tributare massimo rispetto a: Elisabetta Canalis, Melissa Satta, Lucia Annunziata, Laura Antonelli, Giusy Ferreri e tutte le cassiere dell'Esselunga.

Se qualcun altro si dovesse riconoscere tra le pagine di questo libro, a questo qualcuno mi sento solo di dire: «Sì, sto parlando proprio di te!».

Ho scoperto che con due costole fratturate è difficile fare qualunque cosa. Chi l'avrebbe mai detto. Non riesco a ridere, a piangere, a parlare, ad alzarmi, a coricarmi, a stare seduto, a guardare a destra, a guardare a sinistra, a tenere in mano un giornale, a fare la pipì e non voglio nemmeno pensare a quando dovrò fare la cacca. È due giorni che sento gente ripetere che mi è andata bene, che sono stato proprio fortunato, che avrei potuto non essere qua per raccontare quello che mi è successo. Fortunato un cazzo. Non sono morto, ok. Ma ho preso il raffreddore. Con due costole rotte, starnutire è la più grande punizione che Dio possa infliggere a un uomo. Se qualcuno mi promettesse di farmi smettere di starnutire, chiedendo in cambio che mi tagliassi il pene, mi estirperei il salsicciotto in tempo zero e glielo servirei su un piatto di rucola con qualche scaglietta di grana sopra per essere sicuro che resti soddisfatto.

Ho un po' di confusione in testa, ma da quello che mi hanno raccontato, tre notti fa ho tentato il suicidio.

Da dove cominciamo?

Odio le farmacie, le ho sempre odiate. Degli ospedali non voglio nemmeno parlare, tanto, a darmi il prurito bastano e avanzano gli scaffali zeppi di pasticche e sciroppi e gli zoccoli bucherellati della signora Sofia Lucchini. Non che la conosca personalmente, anzi, mai vista prima, ma questo è il nome scritto sopra la targhetta dorata appuntata sul suo camice bianco, e per me è più che sufficiente. Odio persino le Zigulì, quindi il mio trauma viene da lontano e va evidentemente ricercato nell'infanzia.

È stato il mio amico Dery a consigliarmi questa farmacia, dicendomi che è la più famosa di Milano e che è specializzata in cure omeopatiche, completamente naturali. Lì per lì mi era sembrata una cosa buona e giusta, ma non avevo considerato un fatto elementare: la farmacia più famosa della città è anche la più frequentata. Sembrava di stare in un centro commerciale il sabato pomeriggio. Era una specie di Gardaland per vecchietti cagionevoli il giorno di Pasquetta. Dietro il bancone c'erano otto farmacisti e ognuno aveva davanti a sé una fila di più di cinque persone da affrontare, mentre davanti a me erano ormai rimasti solo un ragazzo, più o meno della mia età, e un signore con la coppola, che aveva appena ritirato qualche spicciolo di resto dalle mani della signora Sofia e stava sistemando un collirio dentro una busta di plastica, pronto ad andarsene. Il ragazzo davanti a me si avvicina al bancone e appoggia, con una sicurezza che già iniziavo a invidiargli, quattro scatole di preservativi da dodici. Un totale di quarantotto gommini.

"Ottimista!" ho pensato.

«C'è il weekend di mezzo» mi fa lui dopo essersi voltato, come per giustificarsi. Mi aveva sentito? Forse sono talmente fuori controllo da averlo detto a voce alta senza rendermene conto.

«Sì, sì...» dico io con il tono di chi finge di non essere particolarmente interessato alle faccende altrui, «e comunque non scadono, no?» gli chiedo.

«No! No, infatti...» e si rigira verso la farmacista.

Sorrido al pensiero che si sia sentito in dovere di giustificarsi del suo acquisto, e il suo disagio per un attimo mi rilassa. Evidentemente siamo proprio tutti uguali. Se sapesse il motivo per cui sono in fila dietro di lui non si sarebbe sentito tanto in imbarazzo.

Ho le palle gonfie come una mongolfiera. È come se ne avessi tre, a dire il vero. Per far capire che con i "se" e con i "ma" non si fa la storia, c'è una vecchia battuta che dice: "Se mio nonno aveva tre palle era un flipper!". Eccomi. Sono il nonno-flipper protagonista della barzelletta.

Qualche giorno fa, mentre ero in macchina, mi sono distrattamente grattato il pacco e ho sentito come un corpo estraneo vicino alle palle. Ovviamente, mi trovavo in giro per lavoro e non avevo nessuna possibilità di controllare più accuratamente. Sono rimasto tutto il giorno col pensiero dei miei gioielli deformati fisso nel cervello. Ho iniziato a slacciarmi i pantaloni già dentro l'ascensore e appena varcata la soglia di casa mi sono fiondato in bagno. Mi sono tastato i coglioni con la stessa cura e attenzione con cui l'Uomo del Monte sceglie le migliori pesche da sciroppare. La massa di pelle indurita che stringevo tra il pollice e l'indice era disgustosamente grossa, ma non sembrava nulla di preoccupante.

"Roba strana" ho pensato, e ho iniziato a schiacciarlo

come fosse un normale foruncolo sul naso. Nessun risultato. Anzi, dovevo averlo fatto proprio incazzare visto che ha immediatamente iniziato a ingrossarsi e ad arrossarsi e a deformarsi e a diventare terribilmente fastidioso. Con un po' di sana ansia ipocondriaca avevo deciso di lasciarlo perdere sperando che così com'era arrivato se ne sarebbe anche andato. Ogni tanto una controllatina di routine ma nulla di più. Il giorno dopo, cioè ieri, era ancora lì, sempre più gonfio, talmente rosso da essere quasi fluorescente. Era spuntata anche una specie di punta più chiara, giallognola, come un piccolo occhiolino ma con la cataratta. Mi è sembrato comunque un segnale sufficiente per lanciare l'attacco finale. Era maturo per essere spremuto. Ho preso un pezzo di carta igienica, l'ho strappato in due brandelli più o meno simmetrici e me li sono arrotolati entrambi intorno agli indici. Ho appoggiato i polpastrelli "bendati" ai lati del bubbone e ho cominciato a spingerli l'uno contro l'altro fino a far toccare le unghie tra loro, dapprima lentamente e poi con tutta la forza che avevo.

Un dolore acuto mi ha procurato immediatamente un brivido dietro le orecchie. Ho digrignato i denti e dopo aver rilassato la mascella gli occhi mi si sono riempiti di due lacrimoni enormi. Ho stretto i pugni e me li sono schiacciati contro le tempie cercando di soffocare nella gola una serie di bestemmie da campionato mondiale di smadonnatori, mentre il dolore da acuto si trasformava in pulsante. Era come ricevere, a ritmo ben scandito, un calcio nelle palle ogni due secondi.

Aperti gli occhi ho tirato su col naso, mi sono asciugato le lacrime che avevano trovato la via di fuga sul mio viso e ho abbassato lentamente e con un po' di timore lo sguardo verso il mio scroto. La pustola era ancora lì con la sua bella capocchia giallastra sottopelle. Non era uscito nulla se non un po' di liquido trasparente che non capivo da dove venisse. Forse mi ero pianto sulle palle. Ho alzato lo sguardo verso lo specchio fissandolo come a interrogare sul da farsi la mia immagine riflessa. Immobile, con la mente annebbiata dal dolore per alcuni secondi, ho deciso che non lo avrei più toccato. E giuro, lo avrei fatto veramente. Mi sarei tirato su le mutande e avrei continuato a vivere i giorni seguenti cercando di non pensarci troppo. Nel giro di cinque minuti, il trattamento a cui avevo sottoposto quella specie di forma aliena che si stava sviluppando dentro di me attraverso i miei testicoli mi aveva infiammato e ingrossato le ghiandole dell'inguine spingendole così in superficie che, se ci passavo sopra le dita, sembrava di leggere il braille.

Ieri sera, prima di addormentarmi, sono stato torturato dai ricordi della faccia preoccupata che faceva mia madre quando da piccolo mi si infiammava qualunque tipo di ghiandola. "Con le ghiandole non si scherza" diceva sempre. Non che ci voglia molto, devo ammetterlo, ma sono stato colto da vampate di vera ansia. Quel tipo di ansia che ti fa pensare che per essere medico basti saper consultare accuratamente Google. Digito "ghiandole inguine". La maggior parte dei risultati include la parola "linfonodi". La parola "linfonodi" mi fa ancora più paura. Scorro i titoli sullo schermo scartandone alcuni perché non corrispondono al mio caso, e scartandone altri perché non voglio nemmeno pensare che corrispondano al mio caso. Sullo schermo leggo la parola "metastasi". Mi esce una risata isterica e penso: "Ragazzi, non staremo un po' esagerando?".

Un link dice: "X Giampiero – ghiandole all'inguine" e sembra fare al caso mio. Un tale racconta a Giampiero di avere le ghiandole dell'inguine ingrossate e un po' doloranti al tatto. Lo ringrazia e poi gli dice che forse sono concittadini e che sarebbe contento di incontrarlo dal vivo, prima o poi. "Sei anche tu di Mazara?" chiede il malato. Forse ero capitato in una chat gay travestita da sito medico.

La risposta di Giampiero non si fa attendere e spiega invece, con molta professionalità, che le ghiandole ingrossate possono avere molteplici significati, tra cui problemi agli arti inferiori, infezioni intestinali e malattie a trasmissione sessuale come la gonorrea e l'Aids. Chiudo istintivamente di scatto la pagina, che sparisce dallo schermo in un lampo. La parola "Aids" mi ha definitivamente steso. No, non può essere Aids. Impossibile. Sì vabbe', qualche volta non ho messo il preservativo, ma in questi casi cerco sempre conforto nella statistica. Quante groupies si sarà scopato Mick Jagger nella sua vita? Tipo diecimila? E quante di queste senza goldone? Diciamo, arrotondando per difetto, qualcosa come settemila? E quante di queste erano drogate? Direi sempre settemila. In più aggiungi che il buon vecchio Mick si spruzzava pure l'eroina. Ha l'Aids lui? No, e allora non vedo perché dovrei avercelo io. Tranquillo, non è Aids. Sicuramente dipende dall'infiammazione alle palle, ma il solerte Giampiero consiglia nel blog di farsi vedere, se non proprio da un medico, almeno da un farmacista.

Ecco perché oggi mi trovo in fila ad aspettare che un giovane erotomane si decida tra i natural e gli stimolanti, ripetendomi mentalmente il discorso da fare alla signora Sofia, come facevo da piccolo con le lezioni di storia, ma ora strabordante di vergogna e dubbi. "La parola *scroto* si può usare? Sarà anche un termine scientifico ma mi sembra così volgare davanti a una signora. *Scroto... scrrrroto... crrrr... crrroto...* Meglio *testicolo,* anzi, *testicoli...* più vago... e poi *brufolo* o *foruncolo*? Mi fanno schifo tutti e due... andrò col vezzeggiativo, che fa sempre innocenza..."

Il ragazzo davanti a me nel frattempo ha terminato e inforca la porta girevole dell'uscita con un sorriso ebete e soddisfatto stampato sulla faccia, tipico di chi sa che questa notte scoperà un casino.

È arrivato il mio turno. La signora Sofia mi fa un sorriso come a dire che è pronta a prendersi cura di me e per un attimo fa svanire la mia angoscia. Il suo sguardo sa di protezione. La signora Sofia avrà più o meno cinquant'anni ed è una bella donna con i capelli neri, leggermente mossi e lucenti come quelli di una pin-up degli anni Cinquanta, la pelle tutto sommato abbastanza liscia e gli occhi azzurri. Sicuramente da ragazza era di una bellezza imbarazzante, tanto che per un attimo mi stupisco di trovarla in una farmacia invece che su una spiaggia a godersi i soldi accumulati dopo una vita da diva del cinema. È una di quelle donne alle quali, quando aveva trent'anni, non avresti mai voluto confessare di avere un bozzo sulle palle grosso come una fragola.

«Buongiorno, dica.»

«Ehm, salve...» dico dando un'ultima occhiata intorno per assicurarmi che nessuno stia origliando.

«È da qualche giorno che ho le ghiandole dell'inguine un po' infiammate...» Mi blocco fissandola in silenzio, pregando che questa informazione sia sufficiente. Lei mi fissa in silenzio, come a dire che l'informazione che le ho dato non è per niente sufficiente.

«E... fanno male al tatto?» mi domanda cercando di scavare un po' più a fondo.

«Mah... sì... se ci passo una mano sopra, un pochino sì...» minimizzo.

«Ho capito...»

"Bene" penso.

«Ma è successo qualcosa che secondo lei potrebbe averle infiammate o è un fenomeno che si è verificato apparentemente senza motivo?»

Sono con le spalle al muro. Devo vuotare il sacco.

«Sì... be'... qualche giorno fa mi è uscito un piccolo brufoletto, più o meno vicino ai... testicoli, potrebbe essere quello?» chiedo ingenuo.

«Sì, potrebbe essere. Quanto vicino?»

È più difficile del previsto.

«Ehm... più o meno... proprio sopra... cioè, nel...»

«Sì, sì! Ho capito...»

"E meno male!" Poi la sua espressione si fa di nuovo interrogativa.

«Ma è superficiale o è proprio incistito?» aggiunge muovendo una mano in aria come se stesse cercando di piantare una vite nel muro.

Eccheccazzo! «Sì, sì... no... ehm... effettivamente è un po' sottopelle...»

«Ho capito... ho capito... Torno subito!» esclama prima di sparire nello stanzino dietro allo scaffale dei medicinali.

Ma se le medicine stanno tutte sugli scaffali davanti, cosa vanno a fare sempre là dietro? Forse vanno nel retro a ridere di te. Forse si chiamano a raccolta l'un l'altro per umiliarti in gruppo. Vengo scosso da un brivido e l'immagine davanti agli occhi è quella della signora Sofia che scoppia a ridere fino alle lacrime e fa cenno agli altri colleghi di raggiungerla mulinando le braccia in aria.

"Sapete cos'ha quello?" direbbe a fatica, soffocata dalle risa.

"Cosa? Cosa?" sbaverebbero gli altri per sapere.

"Un brufolo sull'uccellooooooo! Ahahaaaahahah! Ahah! Ahahah!"

"Non ci posso credere Sofia! Ahahahahah, un brufolo sul picciolo? Ahahah!"

"Ve lo giuro... ahahaha! Non so nemmeno come ho fatto a non scoppiargli a ridere in faccia! Ahahah!"

"Oh, Sofia... questa sì che è bella! Uhhuhuuhuh... Forse addirittura meglio di quello che è arrivato qua con una bottiglietta di shampoo nel sedere, e che diceva di esserci scivolato sopra facendo la doccia!"

"Eheheh, sì! Dovremmo fargli una foto col cellulare! Sai le mie amiche, stasera?!"

Lo scenario agghiacciante che stavo immaginando viene interrotto dalla signora Sofia che sbuca dal retro piazzandomisi nuovamente davanti.

«Allora, direi che può mettere questa pomata Mercurialis, fino a tre volte al giorno...»

«Proprio sopra?» le domando mentre lancio lo sguardo verso il retrobottega alla ricerca di qualche collega pronto a fotografarmi col cellulare.

«Sì, proprio sopra. Un bello strato tre volte al giorno.»

Annuisco e sto per ringraziare, quando una voce tragicamente familiare mi sorprende alle spalle e una mano mi strattona con eccessiva confidenza.

«Aleeee!»

L'istante eterno in cui mi volto è simile all'attesa di chi sta per conoscere il suo destino mentre gira la ruota della fortuna. L'unica differenza è che sugli spicchi colorati della mia ruota al posto di cifre da capogiro ci sono le facce di tutti i miei conoscenti, e non sto aspettando di sapere quanto ricco sarà il mio futuro, ma piuttosto quanto grande sarà la figura di merda che farò. La ruota gira, gira, gira... giiira, gi-ra, gi- - -ra! E l'asticella si ferma sulla faccia di... Massimo Maria Travi! Poteva andare peggio.

Massimo Maria Travi giocava a calcio con me quando eravamo piccoli, e ora gestisce un locale dove vado ogni tanto a fare l'aperitivo. È una di quelle persone che ti capita di incontrare abbastanza regolarmente, ma ogni volta ti sembra siano passati anni dalla precedente. Non è mai stato un adone, ma l'immagine che mi offre in questo momento è particolarmente desolante. È grasso come un frate e ha un'espressione un po' ritardata stampata in faccia. È tutto sudato nonostante la giornata sia piuttosto fresca, per cui quando mi tende la mano ho un blocco muscolare istintivo. È lui ad afferrare la mia, e per un secondo mi sento catturato da un'anguilla.

«Ciao! Che sorpresa vederti qua! Che ci fai?»

Cosa vuole che ci faccia in una farmacia? Mi sarebbe piaciuto avere una risposta sarcastica da rifilargli, ma l'imbarazzo mi aveva paralizzato il cervello.

«Be', niente...» mi volto per controllare che la signora Sofia sia in altre faccende affaccendata. «Niente... un po' di influenza...»

«Eh... dicono sia in giro, in sto periodo...»

«Ehssì! E me la sono presa in pieno, io!»

«Io l'ho avuta settimana scorsa... una rogna...»

«Già...»

«Io invece sono venuto a prendere del carbone vegetale

per ridurre l'aria nella pancia... è un periodo che... uh... ti lascio immaginare...»

Mi chiedo cosa gli faccia pensare che io abbia voglia di immaginarlo mentre suona la trombetta col culo! Resto sempre esterrefatto dalla mancanza di pudore delle persone.

«Sì, be'... immagino...»

«Ma tu piuttosto? È un po' che non passi più da me a farti un paio di birrette! Vorrai mica costringermi a offrirtele?»

«Be' sarebbero sempre ben accette, lo sai. Ma è proprio un periodo che esco poco di casa.»

«Ma gli altri li vedi ancora, no? Dery lo vedi sempre?»

«Sì, sì! Certo. O comunque ci sentiamo quasi tutti i giorni.»

«E la tua fidanzata, come si chiama... Viola... come sta? Gran pezzo di ragazza, se mi permetti eh!»

«Ci siamo lasciati, non lo sapevi?»

A chi mi chiede di Viola, rispondo semplicemente: «Ci siamo lasciati, non lo sapevi?». E poi mi godo la reazione.

Solitamente ne fanno un dramma così grande che quasi mi sento in colpa io per non aver sofferto abbastanza, pur essendo il diretto interessato.

Credo sia la sindrome delle telenovelas, quella che ormai ha abituato le persone a over-reagire di fronte a una notizia qualunque, per spirito di coinvolgimento. Ma questa, ormai, è la parte divertente. Quello che invece non sopporto è che mi diano per spacciato. Mi guardano come se ora non avessi più un futuro. "L'hai persa" sembrano dire "e ora morirai da solo, vecchio e senza amici nel sedile posteriore freddo e umido della tua inutile station wagon familiare."

In effetti, quando racconto che ci siamo lasciati faccio intendere che sia stata una decisione sofferta per entrambi, che di comune accordo abbiamo voluto prenderci un po' di tempo per pensarci su, e anche se sapevamo benissimo che ciò avrebbe voluto dire far calare il sipario sulla nostra storia, pensavamo fosse meglio per tutti e due lasciarci senza troppe scenate. Ovviamente eravamo rimasti amici, e sapere che saresti stata più felice anche se lontano da me non mi riempiva certo di gioia, ma ero comunque in un certo senso contento per te.

Col cazzo. In un rapporto c'è sempre un vincitore. E di conseguenza un vinto. Eccomi qua.

La donna lupo

«Hai mai sentito parlare della donna lupo?» mi chiede un giorno Dery senza aspettare nemmeno la mia risposta, che sarebbe stata comunque un prevedibile "no!". «Non mi sto riferendo alla leggenda di una vera donna lupo, di quelle che si trasformano con la luna piena e cose del genere, ma di una pratica sessuale. È rivoluzionaria!»

Non so dove l'abbia sentita, ma è arrivato al pub tutto esaltato della sua nuova trovata. Credo che Einstein avesse il suo stesso entusiasmo nell'istante in cui elaborò la teoria della relatività. Praticamente, tutto sta nel rasarsi i peli del pube appena prima di un rapporto orale, solo che invece di spazzolarteli via e farli su con l'aspirapolvere li lasci lì attaccati. Aggrappati a quelli che ti rimangono, come una specie di parrucchino. Poi dai il via libera alla fellatio e una volta che i tuoi spermatozoi si sono fatti strada verso la libertà e hanno decorato la faccia della partner come la neve finta sulle finestre a Natale, tutti i peli pubici in eccesso si appiccicheranno naturalmente alle guance della (s)fortunata, che a questo punto, più somigliante a Garibaldi che alla donna che avevi inizialmente invitato sotto le coltri, per coronare sto pezzo di teatro avanguardista (e se si è prestata fino a qua, perché dovrebbe mollare proprio ora?) avrebbe pure il compito di lanciarsi in un paio di laceranti ululati.

Follia. Me ne rendo conto. Ho provato a spiegargli che

trovare una donna disposta a sottostare a questo tipo di pratica è piuttosto improbabile e che se anche dovesse trovarla eviterei di candidarla a madre dei suoi futuri figli, ma Dery non ha voluto sentire ragioni. Non ci vede niente di male. L'unico punto che minimamente lo scoraggiava era il pensiero che, vista la cura con cui le donne in genere si depilano ogni possibile parte del corpo prima di cominciare un rapporto sessuale, perché mai dovrebbero accettare di finirlo con le basette alla Elvis?

Effettivamente non fa una piega. Comunque, l'ho presa alla larga. Il fatto è che non sono più riuscito a levarmi questo pensiero dalla testa, e credo che l'idea della donna lupo abbia condizionato il mio appuntamento con Sara.

Sara è una cassiera dell'Esselunga, ma il punto non è questo. È una ragazza che avevo conosciuto fugacemente prima di mettermi con Viola e che, durante tutto il mio fidanzamento, non aveva mai smesso di mandarmi messaggi piccanti nei quali mi metteva al corrente, con impareggiabile eleganza, della sua totale disponibilità a soddisfare qualunque mia voglia. Appena Viola mi ha lasciato è stato uno dei primi numeri che ho chiamato, e devo ammettere che, riguardo alla sua disponibilità, non scherzava affatto. Niente a che vedere con la donna lupo, eh... qualcosa di molto più banale. È solo una fantasia di cui con Viola non sono nemmeno mai riuscito a parlare: riprenderci con la mia telecamera mentre si fa sesso. A lei dava perfino fastidio che volessi tenere la luce accesa quando lo facevamo e mi ricordo come si infastidiva quando provavo a spostarle i capelli per guardarla in faccia mentre mi faceva un pompino. Figurati se mi sarei mai azzardato a chiederle di immortalare su pellicola il nostro scambio di fluidi.

Anche con Sara comunque ero un po' in imbarazzo all'inizio, nonostante il mio amico Andrea mi avesse fornito ampie garanzie circa la sua disinvoltura davanti all'obiettivo. Sara, come dicevo, fa la commessa all'Esselunga e girano leggende metropolitane che la vogliono protagonista di un filmino amatoriale rintracciabile in rete. Si intitola *Fila lunga in cassa 4*. Io non sono mai riuscito a recuperarlo, ma dopo averla vista all'opera *live* sul mio divano non faccio fatica a crederci. Siamo stati fuori a bere e tornando l'ho invitata a salire a casa.

«Domani lavori presto?»

«No, domani ho il turno nel pomeriggio, solo che nel weekend c'è sempre un casino... perché?»

«No, così... magari potremmo berci ancora qualcosa a casa mia...»

«Mi stai proponendo la collezione di farfalle?» mi risponde abbozzando un sorriso malizioso.

«Nhaaa... niente farfalle. Però ho qualche formica che sbuca da sotto la dispensa e non capisco dove si vada a infilare, se proprio ti interessano gli insetti...»

«Ok, mi accontenterò» dice lasciando che il sorriso malizioso di prima si trasformi in una risatina femminile.

Mi piacerebbe mantenere di lei l'immagine un po' brillante che si ricava da questo scambio di battute, ma devo ammetterlo: Sara è una di quelle persone cui sembra che al posto del cervello abbiano messo un televisore 42 pollici costantemente sintonizzato su *Uomini e Donne* e, oltre a essere di una noia mortale, non sembra nemmeno particolarmente intelligente. A un certo punto, mentre stavo mettendo la macchina in garage, ha sentito il *plin plin* del sensore di parcheggio.

«Questo cos'è?»

«Cosa?»

«Il *plin plin plin...*»

«È il sensore di parcheggio.» E benvenuta sulla terra.

«Ahhh... e che ci fai?»

«Seriamente?»

Mi guarda e annuisce. Io avevo una missione da portare avanti e non potevo certo fermarmi a sottilizzare.

«Serve per quando parcheggi. Più ti avvicini al muro più suona.»

«Ahhh... e fa sempre *plin plin plin*?»

No, a volte canta i pezzi di Battisti.

«Essì... sempre *plin plin... plin...*»

Ma, come dicevo, dovevo focalizzarmi sull'obiettivo.

Appena apro la porta accendo la luce, guardando direttamente il tavolo della cucina e la telecamera che ci avevo appoggiato sopra. L'avevo sistemata lì prima di uscire. Ci avevo messo un quarto d'ora a stabilire quale fosse la posizione più naturale per una telecamera appoggiata sul tavolo di una cucina. Non troppo in mezzo, tipo centrotavola, ma nemmeno in un angolo, da sola. Avevo tirato giù quattro o cinque libri dallo scaffale e li avevo impilati con disordinata attenzione. Erano libri che mi avrebbero fatto fare bella figura, se avessero suscitato in lei un minimo interesse. Due non li avevo nemmeno ancora letti, ma sapevo comunque di cosa parlavano. Lì accanto avevo adagiato la telecamera.

Sara rimane in piedi in mezzo alla stanza girando su se stessa per cercare di capire se la casa la mette a proprio agio, mentre io apro il frigo e riempio due calici di vino bianco.

«Accomodati» la invito mentre le passo accanto per mettere un po' di musica. Accendo lo stereo come se non sapessi nemmeno cosa stessimo per ascoltare. Parte *The Madcap Laughs* di Syd Barrett. Anche questo era stato programmato con discreto anticipo. Anche questo costituiva una sicurezza.

Insomma la faccio breve. Ci sediamo e aspetto che sia lei a tirare in ballo la telecamera. Ci mette un po', ma quando me lo chiede la azzanno alla giugulare manco fossi un pitbull a dieta da un anno.

«Sì, mi serve per i miei progetti...»

«Lavori in tivvù, vero?»

«Già... sì... televisione...» rispondo con fare distaccato.

«E ti piace?»

Ohhh. Ecco la domanda che stavo aspettando.

«Be'... sì, abbastanza. Anche se non penso che il lavoro possa definire una persona... cioè, credo che noi non siamo solo ciò che facciamo. Però mi piace lavorare sulle immagini, sui messaggi, sulla mente della gente...»

«Ah ah... hai fatto la rima... ah ah... "mente della gente", divertente... uh oh... ne ho fatta una anche io! Ih ih ih...»

Ma vaffanculo! Fuori da casa mia!!! No, no... devi stare calmo... hai un obiettivo! Per fortuna ricomincia subito a parlare lei.

«In che senso "sulla mente della gente"?» mi domanda. Vieni nella mia trappola, baby.

«Come posso spiegartelo... hai presente gli antichi greci? Be' ecco, secondo alcuni studiosi i greci pensavano di non essere padroni dei loro pensieri e li attribuivano invece alle divinità. Ogni azione umana per loro non dipendeva da una volontà arbitraria ma da un ordine ricevuto inconsciamente dall'alto a cui dovevano ubbidire... ecco... diciamo che oggi la gente non ubbidisce più alle divinità, ma alla televisione. Quindi, in un certo senso...»

Meno di quindici secondi dopo aveva già infilato le mani nelle mie mutande. A quel punto la telecamera era lì e non ho dovuto nemmeno chiedere, è bastato un cenno d'intesa con lo sguardo prontamente ricambiato dalla pornocassiera. Non mi sembrava vero. Lei era inginocchiata e mentre mi baciava mi fissava dritto negli occhi. In maniera anche imbarazzante, dopo un po'. Facevo fatica a decifrare i suoi sguardi. Andava bene? Voleva qualcosa? Voleva che le dicessi qualcosa? Non nascondo di essere stato un po' a disagio. Abbiamo fatto l'amore per una mezz'ora buona anche perché, oltre ad aver disposto ad arte arredamento, colonna sonora e telecamera, prima di uscire mi ero fatto anche una pippa veloce. Non potevo certo rischiare di fare la coniglіatina al mio esordio sul grande schermo.

«Non farlo vedere a nessuno eh...» mi chiede con ritrovato pudore.

«Io? Ma va'... per chi mi hai preso...» e già mi immaginavo la proiezione in un cinema multisala con tutti i miei amici che sui titoli di coda si alzavano ad applaudire e i miei genitori commossi in prima fila di fianco a me. A pensarci ora, l'idea di mia madre che si commuove per una fellatio da cineteca è abbastanza disgustosa.

«Lo tengo solo per me... magari lo cancello addirittura... è che mi piacerebbe vederlo ogni tanto per ricordarmi di questa serata...»

Buona la prima. Lei si riveste e io non vedo l'ora che se ne vada per potermi rivedere all'azione. Enfatizzo la mia stanchezza e quanto sarà pesante la giornata di domani. Le chiamo un taxi e l'accompagno sotto casa ad aspettarlo. Mi sembra di essermi comportato bene, no? Salgo le scale quattro a quattro come un bambino che torna affamato da scuola e sa che sua mamma ha preparato le patatine fritte con il pollo arrosto. Mi siedo sul divano, comodo, davanti al televisore, e collego il cavetto della telecamera alla presa SCART. Tutto è pronto. Accendo.

L'orrore. Una delle visioni più disgustose della mia vita. Niente in confronto ai film porno che sono abituato a vedere. L'immagine di Sara, girata di spalle mentre io la schiaccio contro il muro. Sono bianco come un cadavere, si vedono i peli sulla schiena, un brufolo sulla chiappa destra, nella fretta non ho nemmeno levato i calzini. Un po' di ciccia si è depositata sui miei fianchi mollicci e ogni tanto, evidentemente a disagio, mi giro per guardare dentro l'obiettivo.

Mi ricordo di quel momento. Mentre la trombavo mi stavo chiedendo mentalmente se rientrassimo nell'inquadratura o se fossimo troppo spostati a destra. A giudicare dalle immagini eravamo perfettamente centrati. Ecco, la fotografia e le mie tende arancione sono l'unica cosa che salvo di tutta quell'orripilante scena. Le tette di Sara sballottolano avanti e indietro a un ritmo scandito dai suoi urletti. Mi giro ancora verso la telecamera e guardo di nuovo dentro l'obiettivo. Mi ricordo anche di quel momento e purtroppo anche di quello che ne sarebbe seguito. Mi stavo chiedendo se fossi abbastanza partecipativo o se invece dovessi iniziare a fare anche io qualche versetto. Decido di aumentare il volume del respiro che diventa quasi un grugnito. Sembravo uno di quegli attori che provano le battute davanti allo specchio prima di un provino. Nonostante fossimo a novembre si vedeva ancora il segno del costume e il mio culo era, se possibile, ancora più bianco del resto del corpo. Il mio alter ego televisivo guarda ancora dentro l'obiettivo. So cosa sarebbe accaduto dopo e inizio veramente a provare un senso di profonda vergogna. Stavo pensando se fosse il caso di calarmi ancora di più nella parte. Nel video chiudo gli occhi e faccio una smorfia come se mi fosse venuta una terribile fitta alla pancia. Avevo deciso che avrei dovuto schiaffeggiarle le chiappe. Qualche schiaffetto bello sonoro avrebbe sicuramente impreziosito la performance. Ora mi rendo conto che ognuno deve limitarsi a fare il suo. Quando si vuole strafare si rischia solo di rovinare tutto. Tentenno un paio di volte con la mano come un giocatore di biliardo che ritrae la stecca avanti e indietro per calibrare al meglio il suo tiro e poi faccio partire gli schiaffi sul culo più ridicoli che abbia mai visto in vita mia. Senza convinzione, senza mordente, senza grinta. Erano due buffetti più che altro. Come se il culo glielo stessi spolverando. Sul momento mi sembrava di andare alla grande, ma ora non posso far finta di non ricordare la scena madre di questa tragedia sessuale. Ero sempre più concentrato, avevo preso il ritmo e anche in televisione, tralasciando gli inestetismi fisici, stavo iniziando a fare la mia porca figura. Procedevo senza intoppi al ritmo di una squadra di canottaggio che tira l'ultima volata. Colpi sicuri, cadenzati, proficui. Sentivo di essere vicino al traguardo e come inseguito da un branco di cani inferociti ho iniziato ad accelerare lo sprint finale. Più forte. Sempre più forte. Ancora di più. Sono quasi alla fine. *Credici Alessandro! Credici!* Ancora qualche colpo. Uno! Due! Al terzo, nella foga, esco per un secondo e tento senza accorgermene di... risalire in macchina... dal bagagliaio, diciamo...

«Ahiiiiaaaaaaa!!!»

«Scusa! Scusa... Ho sbagliato io... scusa...»

«Eccheccazzo! Almeno bussa prima!»

Non mi ero nemmeno reso conto che il cervello avesse dato l'ordine, che già il dito indice aveva premuto il tastino rosso sul telecomando. La tv si è spenta in un lampo. Non sapevo bene se fossi più inorridito dalla scena nel suo complesso o dal dettaglio di una cassiera nuda sul mio, anzi, sul nostro divano che mi dice «eccheccazzoalmenobussaprima!» alludendo al suo buco del culo. Sono rimasto sul divano dieci minuti buoni d'orologio, in silenzio e al buio, sperando che piano piano le immagini di questo porno hardcore amatoriale si dissolvessero nella mia testa fino a non lasciare nessuna traccia della loro presenza. Ma ormai il danno era fatto. Come quando non vorresti vedere un film horror, ma non riesci a resistere e cerchi uno spiraglio tra le dita serrate davanti agli occhi. Il poco che penetra tra quelle piccole fessurine non ti abbandonerà certo per la notte, esattamente come mi stava capitando ora con l'immagine di quel brufolo rosso fuoco che sembrava una benedizione induista sulla mia chiappa biancastra. Annichilito sul divano, penso che almeno non avrei dovuto comportarmi da bugiardo e che di sicuro, quel video, non l'avrei mai fatto vedere a nessuno.

Annichilito sul divano penso anche che forse avrei dovuto avere un po' più di coraggio e giocare la carta della donna lupo.

Formiche e orsi polari

Dery è il mio migliore amico. E se qualcuno me lo chiedesse, saprei anche dirgli quando l'ho capito. È stato parecchi anni fa, ai tempi del liceo. Era il primo anno, quello in cui non ti fidi di nessuno o perlomeno non dovresti farlo. Il primo è un anno in cui il liceo non è ancora sinonimo di spensieratezza, divertimento, feste in casa e sesso promiscuo. È un anno dove tutto è nuovo e pericoloso, dove l'intervallo è una giungla e i corridoi sono campi di battaglia. L'unico tuo obiettivo, il primo anno, dovrebbe essere quello di farti notare il meno possibile. I ragazzi più grandi non vedono l'ora di trovare un primino apparentemente disinvolto a cui rubare i soldi per la merenda, da umiliare tra una lezione e l'altra o semplicemente riempire di botte solo per il gusto di farlo. Nel primo anno del liceo il male minore è scegliere di studiare o perlomeno fingere di farlo. Io e Dery eravamo in classe insieme ma non ci eravamo mai cagati più di tanto, fino al giorno in cui la professoressa di scienze ha proposto un programma di studio al quale avremmo dovuto lavorare a coppie per preparare una relazione finale.

Io sono stato sorteggiato con Dery, e l'accordo era che nel pomeriggio sarebbe dovuto venire da me per studiare. Verso le tre, suona per la prima volta il campanello di casa mia. Io gli apro rassegnato a un ferale pomeriggio chino sui libri e lui, entrando come se avesse abitato lì da sempre, ancora prima di salutarmi mi fa: «Ho un'idea. Quando inizia il giro di interrogazioni?».

«Boh... parte da lunedì, credo» rispondo senza capire dove volesse arrivare.

«Bene, tu hai voglia di studiare? Perché io zero...» Sono piuttosto sicuro di essermi rinchiuso in un silenzio che sapeva tanto di assenso.

«Allora, guarda, per me dovremmo fare così. Lunedì ci offriamo volontari!»

«Ma non credo che riusciremo a prepararci entro lunedì» obiettai goffamente.

«Se è per questo non riusciremo a prepararci nemmeno entro la fine del mese. Quindi tanto vale offrirci subito. Così ci leviamo il dente!»

«E di che cosa parleremo, secondo te?»

«Non importa... non è questo il punto. Se ci offriamo volontari e facciamo scena muta, la professoressa penserà che siamo emozionati, tesi, imbarazzati... non penserà mai che due alunni siano così scemi da offrirsi volontari senza aver nemmeno aperto il libro.» Lì per lì mi è sembrato geniale.

«Certo, non prenderemo otto, ma secondo me almeno sei ce lo dà... no?»

"Certo che sì!" ho pensato fra me e me senza il minimo dubbio.

Ci diede cinque. Ma avremmo meritato due. Quindi, in un certo senso, il suo piano aveva funzionato. Da allora siamo diventati inseparabili, e ogni serata libera la passiamo insieme.

Oggi siamo seduti al pub nel divanetto in fondo alla sala, quello con il termosifone vicino che mi teneva caldo e potevo anche appoggiarci sopra il giaccone. È il nostro posto preferito. È in una buona angolazione rispetto alla tv e raramente dobbiamo chiedere a qualcuno di spostarsi per permetterci di vedere meglio o metterci noi stessi a ciondolare con la testa a destra e sinistra per sfruttare uno spiraglio di campo libero. In più è contro il muro e dà la sensazione di avere le spalle coperte. È la nostra postazione strategica per tenere tutti sotto controllo e non temere agguati alle spalle. La prima cosa che facciamo quando entriamo al Pogue, prima ancora di salutare chiunque, è buttare un'occhiata là in fondo sperando che il nostro posto sia libero. E quando lo troviamo occupato, quasi quasi ci viene voglia di tornare a casa. Amo quel divano, mi fa felice. A volte lascio addirittura che prenda le decisioni al posto mio. Devo comprarmi un paio di scarpe di cui non sono convinto al cento per cento? Se trovo il posto libero le compro, altrimenti è un segnale di lasciar perdere. Insomma, non so se si è capito, ma ci teniamo proprio a stare seduti lì.

Stiamo rivedendo una vecchia partita dell'Italia ai Mondiali del '90 su ESPN classic e mentre la voce di Pizzul racconta lo splendido gol di Roberto Baggio contro la Cecoslovacchia un angolo del mio cervello è impegnato, come accadeva sempre più spesso ultimamente, a pensare a Viola e a come la nostra storia sia scivolata dentro al cesso. E a essere onesto, ormai, io gli ultimi tempi stavo solo in attesa di qualcuno che si degnasse almeno di tirare l'acqua.

Anche Dery sembrava piuttosto strano e se ne stava seduto di fianco a me in silenzio, come accade raramente, con gli occhi fissi sul televisore e lo sguardo contemplativo, giocherellando col bicchiere e tenendo il ritmo picchiettando l'anello di metallo che porta al pollice contro il bordo di vetro. A un tratto si avvicina a noi Gianni, conosciuto nell'ambiente come "Gianni mezzo cervello", un cliente fisso del pub che ci fa:

«La sapete quella del professore a scuola?» Se non lo conoscessi bene penserei sia ritardato, ma non è per niente così... al massimo ha una punta di autismo. Ma appena appena. Tra gli altri clienti del pub pochi hanno voglia di parlare con lui, solo che è talmente grosso e muscoloso che nessuno ha mai avuto il coraggio di dirglielo in faccia.

«La sai quella del professore a scuola o no?» mi ripete nervoso, dato che la prima volta mi ero limitato a guardarlo strano anziché rispondere. Non la sapevamo, comunque, e non capivamo nemmeno bene dove volesse andare a finire.

«Cosa c'entra?» gli chiedo con un filo di timore.

«Niente! La sai o no?»

«No, non credo... no.»

«Allora...» inizia a raccontare mentre l'espressione del suo viso diventa immediatamente euforica e impaziente di rivelare la sua storiella. Basta poco per farlo felice.

«C'è un professore che una mattina va a scuola. Entra in classe, tira fuori dalla borsa un bicchiere e dice ai suoi alunni...»

«Che alunni? Cosa insegna il professore?» lo interrompo io, più per il gusto di dargli fastidio che per reale interesse nei confronti della scolaresca.

«Se non ci dici che alunni, pensi che possa apprezzare lo stesso la storia?» aggiunge Dery.

Gianni alza gli occhi verso il soffitto e si concentra per un attimo, mordicchiandosi il labbro inferiore, come per cercare di ricordarsi cosa insegnasse il professore. Fa quasi tenerezza.

«Educazione tecnica... è un professore di educazione tecnica alle medie, e dice ai suoi alunni: vedete questo bicchiere? Questo bicchiere è la vostra vita.»

E si ferma. Ci guarda, in attesa di un cenno che gli faccia capire che fino a qui è tutto chiaro e che può continuare il racconto. Dery lo accontenta e annuisce leggermente. Solo a questo punto prosegue:

«Poi, il professore, prende dei sassi e ne versa un po' dentro il bicchiere fino a riempirlo e dice agli alunni: "Vedete questi sassi? Questi sassi rappresentano i valori importanti di cui dev'essere riempita la vostra vita". Gli dice che i sassi sono la famiglia. Dice che i sassi sono l'amore.»

Ci guarda ancora in attesa di un cenno d'approvazione. Questa volta annuisco io, scosso per un breve istante dal pensiero che uno di quei sassi poteva essere Viola. Lui prosegue.

«Poi prende dei fagioli...»

«Sempre il professore?» gli chiedo in tono fintamente preoccupato di essermi perso qualche pezzo della storia.

«Sì sì, sempre il professore... vado troppo veloce?» mi chiede serio.

Lo tranquillizzo di no con un sorriso e lo lascio proseguire.

«Dicevo... poi prende dei fagioli e li versa nel bicchiere insieme ai sassi. I fagioli, essendo più piccoli di dimensione, vanno a riempire i pochi spazi lasciati vuoti dai sassi. Dice agli alunni che quei fagioli rappresentano ciò che di importante la vita ci offre. I fagioli sono l'amicizia e il lavoro.»

Capisco che avrebbe continuato il racconto solo se fosse stato certo che avessi colto la solennità della metafora. Ancora una volta lo invito a proseguire con un cenno.

«Poi il professore prende della sabbia e la versa nel bicchiere, e la sabbia essendo finissima va a riempire i pochi spazi lasciati vuoti dai sassi e dai fagioli. Il professore allora dice agli alunni che la sabbia rappresenta l'effimero. La sabbia è il divertimento, il vino, il gioco, il sesso. Poi prende una lattina di birra, la rovescia nel bicchiere e la birra va a occupare i pochi spazi lasciati dai sassi, dai fagioli, dalla sabbia e dice agli alunni: "Vedete? Questa è la vostra vita ed è così che la dovete riempire".»

Sapevo che si aspettava che chiedessimo quale fosse il senso metaforico della birra. Resistiamo volontariamente, finché non è costretto a proseguire lui, stupito del nostro silenzio.

«Eh... gli alunni allora chiedono: "Professore, i sassi rappresentano la famiglia e l'amore, i fagioli sono l'amicizia e il lavoro, la sabbia gli svaghi... ma la birra, cosa rappresenta?". E il professore risponde: "E io che ne so! Una birra ci sta sempre!!!". Ahahah!»

Gianni inizia a ridere così forte che ho paura che si strozzi e noi cerchiamo di assecondarlo. Alza il bicchiere per brindare, esultante per la perfetta riuscita della sua storiella. Alzo il calice anche io e poi anche Dery e, pur riluttanti, brindiamo alla sua.

«Eh... com'è?» ci chiede ancora paonazzo dalla crisi di riso.

«Be', non male, non male... terrò a mente l'insegnamento... ma l'hai sentita in tv? Letta da qualche parte?» gli chiede Dery, questa volta onestamente incuriosito.

«No. Sono andato su Google e ho digitato *aneddoti*. Ed è venuto fuori questo!»

Chiaro e semplice. Talmente semplice da rasentare la genialità.

Abbiamo continuato la serata senza più tornare sull'argomento, ma mentre rientravo a casa ho ripensato alla storia di Gianni. Non tanto al significato parafilosofico piuttosto sempliciotto del bicchiere della vita, quanto piuttosto al suo gesto estremo di rintracciare motivi di conversazione su internet.

Quando Gianni se ne sta tutta la sera in silenzio a contemplare la sua pinta, non lo fa perché è una specie di Buddha illuminato che trova le risposte alle sue domande nei cerchi concentrici che si formano sulla superficie della sua birra. È solo, a dispetto delle apparenze, tremendamente timido e a disagio. È horror vacui, tutto qua. E forse si aspetta che qualcuno faccia qualcosa, che io gli chieda come sta, o cosa pensa. È a disagio e si aspetta che qualcuno gli presti un po' di attenzione in più per non farlo sentire inadeguato, ma non lo avevo mai capito fino a ora.

A volte ti convinci che quella di pisciarti sul divano sia una scelta volontaria del tuo gatto perché non vuoi ammettere che è colpa tua che non gli hai pulito la cassetta.

Ora sono seduto davanti al computer e penso che l'idea di essere una persona insensibile mi spaventa, perché è uno di quei difetti di cui, in quanto insensibili, è difficile essere coscienti. L'insensibilità è come la foglia di lattuga che ti si nasconde tra i denti quando sei al ristorante. È sotto gli occhi di tutti, ma non i tuoi.

Apro la pagina di Google e, così come Gianni ha digitato *aneddoti* per risolvere i suoi problemi, ho deciso di affidarmi anche io, per ridere, all'infinita bontà di internet. Digito: *odio la mia fidanzata*. In 0,12 secondi mi trovo a poter virtualmente condividere la mia pena con 240.000 vittime del mal di donna. 240.000 persone hanno deciso di raccontare al mondo attraverso internet perché la loro storia d'amore è naufragata brutalmente tra incomprensioni, tradimenti, insoddisfazione sessuale, ansie e bigamia. Per citarne alcuni. Tralasciando i casi di cronaca conclamata, ho trovato progetti segreti per avvelenare la propria dolce metà con il caffè mischiato al veleno per topi, simulazioni di rapimento per far perdere le proprie tracce alla moglie e uomini che non potendosene andare di casa hanno almeno sostituito il letto matrimoniale con un letto a castello. Ce n'è per tutti i gusti. Qualunque sia il motivo che ci ha allontanato potrei scambiare quattro chiacchiere con un ragazzo di Udine, Ancona, La Spezia, Reggio Emilia, Palermo, Foggia che mi capirebbe immediatamente perché ha vissuto la mia stessa vicenda. Si è sentito esattamente come me. Credo sia questo uno dei segreti del successo di internet. La condivisione tra disperati. Il "mal comune mezzo gaudio".

Sarà, ma sapere che sparsi per il mondo ci sono milioni di cuori infranti non fa stare meglio il mio. Anzi, mi deprime ancora di più e io avrei voglia di essere felice, lo vorrei veramente tanto. Provo il percorso contrario e digito: *amo la mia ragazza alla follia*. L'idillio non è all'altezza della desolazione precedente. La pagina è piena di *ma*. "La amo *ma* la tradisco." "La amo *ma* non la sopporto." "La amo *ma* non mi attrae sessualmente." "La amo *ma* odio la suocera." *Ma, ma, ma* e ancora *ma*. Anche in questo caso troverei comunque un sacco di amici con cui scambiare un paio di opinioni. Mi chiedo perché nessuno sembri felice e mi rispondo che forse chi è felice non lo scrive su internet. Forse chi è felice è talmente geloso della sua felicità che la vuole tenere per sé. Continuo a sbirciare tra le pagine trovando queste storie di piccoli disastri coniugali così grottescamente divertenti che non riesco a togliermi dalla faccia un sorriso beffardo. È una sensazione strana, come se io non c'entrassi niente con nessuno di loro e contemporaneamente mi sentissi perfettamente uguale.

Mi viene in mente una sera in cui ho mandato a Viola un messaggio. Ero con il mio amico Luca, mi stava raccontando di aver scoperto che la sua nuova fidanzata aveva avuto una storia lesbo prima di mettersi con lui, che ogni tanto le due piccioncine si sentivano ancora al telefono e che la cosa non lo lasciava tranquillo. Tralasciando il fatto che scoprire che la tua fidanzata ha probabilmente "brucato più prati" di quanti non ne abbia visti tu in tutta la tua vita potrebbe gettare una bella secchiata di competitività all'interno della coppia, per il resto si trattava della solita gelosia per l'ex fidanzato di lei. Solo che in questo caso l'ex fidanzato di lei aveva una quarta di reggiseno coppa C. Ma questo, ai fini teorici, non fa differenza. Il nemico pubblico numero uno è sempre l'ex usufruttuario della patata della tua fidanzata, e noi lo sapevamo bene visto che era uno dei nostri argomenti preferiti ogni volta che dovevamo decidere per cosa litigare fino alle quattro di mattina.

"Sto parlando con Luca che è in sbattimento perché la sua fidanzata si sente con il suo ex... a parte il fatto che in questo caso il suo ex è un ex di quelli con il ciclo mensile, siamo proprio tutti uguali!" Invia.

Viola mi ha risposto in un secondo.

"Le coppie sembrano uguali, ma ognuna a modo suo. Come le formiche. O gli orsi polari."

Hai presente quando capisci che un uomo sta parlando al telefono con la sua fidanzata perché cambia improvvisamente tono di voce e si esprime tutto micì miciù? Noi non avevamo nemmeno bisogno di parlarci. Mi ricordo che seduto al bancone di fronte a Luca ho sorriso guardando il cellulare. Si capiva che mi aveva scritto lei. Probabilmente avevo fatto micì miciù con gli occhi, e avevo un'espressione da perfetto ebete innamorato. Ricordo che mi era venuta subito voglia di alzarmi, pagare il conto e andare a casa per abbracciarla stretta e fare l'amore con lei. Uguali e diversi come le formiche, o gli orsi polari. Non so come le è venuta. Non è una di quelle frasi fatte, tipo sei stonato come una gallina, o lento come una lumaca, o puzzi come un cane. Le formiche e gli orsi polari non c'entravano nemmeno niente tra di loro, ma rendevano perfettamente l'idea. Era un pensiero libero e leggero. Se avessi dovuto provare ad associarci un colore sarebbe stato sicuramente il bianco. Mi sono ricordato perché mi ero innamorato di lei. Seduto davanti al computer sento che mi manca.

Ogni coppia ha la sua storia. Continuo a sfogliare pagine su pagine, leggendo storie su storie sempre più surreali, sempre più tragiche, sempre più demenziali e sento che vorrei chiamarla. Vorrei non doverci pensare, come se fosse la cosa più naturale del mondo, come ero abituato a fare quando eravamo una cosa sola. Un paio di colpetti sulla tastiera del telefono e un generico «ciao amore, come stai?» e poi stare al telefono due ore senza avere niente di particolare da dirsi. Invece niente. E il cellulare è lì che mi fissa torturandomi. Lo sento che dice: "Coraggio! Chiamala! Chiamala! Sono solo 12 centesimi di scatto alla risposta... e poi avete la You&Me... l'avete fatta apposta no?". Cazzo, la You&Me. Ce l'abbiamo ancora? Dovrebbero inventare un'opzione per cui quando ti lasci con una ragazza ti tagliano automaticamente tutti i ponti con lei. Niente tariffa speciale con il telefono. Il postino smette di infilare la sua posta ancora nella tua casella, costringendoti a doverla chiamare per dirle di venirsela a prendere e deprimerti ogni volta che la vedi chiudersi la porta alle spalle. Il computer non ricorda più automaticamente le sue password. I tuoi genitori non si ricordano più di lei. I tuoi amici è come se non l'avessero mai conosciuta. Sparisce di colpo, come se non fosse mai esistita. Almeno, un tempo, se avessi cancellato il numero dalla rubrica sarei stato a metà dell'opera... ora vuoi che, in ogni caso, facebook non la faccia saltare fuori all'improvviso? Sono sicuro che succederà proprio il giorno in cui riuscirò per la prima volta a non pensarla. Capita sempre così.

In questo momento avrei bisogno di sentirla ancora una parte della mia vita. Di vivere nel suo stesso mondo. Di dividere soddisfatti il nostro habitat, perché è così che la natura vuole quando due esseri sono della stessa specie. Ma per noi non è stato sufficiente, perché sembriamo uguali, ma siamo diversi. Come le formiche. O gli orsi polari.

Culo di Burano

È lunedì mattina. Per essere onesto, sono le due e mezzo di lunedì pomeriggio, ma mi sono appena svegliato. Il condominio ha deciso che non è ancora il momento di accendere i termosifoni nonostante sia ormai fine ottobre, rendendo il mio risveglio una sofferenza se possibile maggiore. Che poi, a pensarci bene, perché dovrei svegliarmi? Oggi è il primo giorno della terza settimana di fila in cui non lavoro, e devo ammettere che dopo i primi sette giorni nei quali non ti vuoi dare pace, poi inizi a raggiungere uno stato di amichevole convivenza con quel ragazzetto dalla barba incolta che si leva le mutande nel mezzo del pavimento della cucina, come se quello fosse proprio il loro posto, e si trascina nudo fino alla doccia per dare inizio a questa promettente giornata di fancazzismo. Non mi stupirei se, passate altre tre settimane di questo spessore, quel ragazzetto smettesse anche di lavarsi. Non mi stupirei se tra poco smettessi anche di lavarmi.

Per ingannare il tempo decido di telefonare a mia madre, così aggiorno anche lei.

«Pronto!» risponde con la voce disturbata e metallica dal suo vecchissimo cordless, che mi fa sempre sorridere, pensandola vestita da Dart Fener.

«Sono io, ma'...»

«Chi?»

Ora, non mi sono mai sentito un figlio non voluto, ma devo ammettere che "chi?" chiesto da tua madre dopo che l'hai chiamata, appunto, "ma'" non ti fa sentire esattamente amato. Soprattutto se sei il suo unico figlio maschio. Comunque.

«Io e Viola ci siamo lasciati.» Bam! Dritto al punto.

«Ah sì...?» mi risponde trafelata, evidentemente sta sistemando la spesa nella dispensa e non può degnarmi di troppa attenzione.

«*Ah sì...?* Tutto qua?»

«Ale, cosa vuoi che ti dica... che non me l'aspettavo? Non è così! Sapevo che sarebbe successo!»

«Cosa vuol dire *sapevi che sarebbe successo*? Sapevi che lei dopo cinque anni di fidanzamento inclusi tre di convivenza mi avrebbe tradito per il suo insegnante di yoga?»

«Ti ha tradito per il suo insegnante di yoga?»

«No, ma avrebbe potuto farlo! Non è questo il punto. Come fai a dire che ti aspettavi che sarebbe finita se non sai nemmeno perché è finita!»

«Pensi sia importante?»

Faccio un respiro lungo e spazientito.

«Cosa?» le chiedo.

«Il perché. Sapere il motivo per cui ti ha lasciato.»

«Ma che cazzo di domande sono? Certo che è importante!»

«Allora! Con ste parole...» mi riprende severa. «Cosa ti cambierebbe sapere perché è finita?»

«Be', mi sembra evidente. Magari eviterei di rifare gli stessi errori due volte...»

«Sei sicuro che gli errori siano stati tuoi?» mi incalza.

Effettivamente non lo sapevo. Da dove era partita la crisi? Quando ha iniziato ad andare tutto a puttane? Me ne potevo accorgere prima, ma ho fatto finta di niente? A volte ho la sgradevole sensazione di averla quasi obbligata a lasciarmi, con i miei comportamenti... una specie di mobbing sentimentale.

«Non lo so se siano stati miei... ma se sapessi dove ho sbagliato e potessi tornare indietro cercherei di cambiare le cose.»

Mia madre smette di trafficare con le lattine di pelati e le scatole di Barilla. Potevo prevedere la serietà delle sue parole dal silenzio improvviso.

«Ale, sai cosa credo? Credo che vada bene così, che non ci devi pensare su troppo. Credo che le peggiori ingiustizie siano causate proprio dalle persone che cercano di cambiare le cose» mi dice in uno slancio di filosofia quattro-salti-in-padella che le si addice quanto una canzone di Gigi D'Alessio a una festa della Lega Nord. Non sapevo esattamente cosa c'entrasse con la mia storia, ma facendo mente locale quelle parole non mi suonavano nuove.

«Mamma, questa è una frase di *Shantaram*, l'ho letto anche io...»

«Sei sicuro?»

«Sì...»

«Strano... pensavo fosse mia...»

«No, *Shantaram*...»

«Be', poco male. È un buon libro...»

Sì, era un buon libro. Pieno di validi insegnamenti di vita. Ma per quanto buono fosse, era solo un libro. Come i film sono solo film. La vita è un'altra cosa, no? La vita non assomiglia quasi mai a tutto ciò che ci fa sognare al cinema. La vita non è quasi mai piacevole come sembra tra le pagine di un romanzo. La vita, alla meglio, si avvicina a una brutta pubblicità. E forse l'unico valido insegnamento è quello di pretendere poco e aspettarsi ancora meno dalle persone. È l'aspettativa che ti distrugge. Forse non dobbiamo aspettarci per forza una famiglia, una casa e dei figli dalla nostra fidanzata. Forse non dobbiamo aspettarci per forza un aumento dal nostro capo. Forse non dobbiamo aspettarci per forza un insegnamento illuminante da nostra madre. Sì, è l'aspettativa che ti distrugge. Forse. Ma forse anche questa è solo filosofia quattro-salti-in-padella.

«Credo che mi farò una doccia» le dico avvilito.

«Ehi, non te la prendere. Passerà. E comunque se le levi i tacchi e un po' di trucco non era poi nemmeno quel granché!»

Non le rispondo neanche. La saluto e mi dirigo verso

il bagno. Annota questo: tua madre non ha il dono della comprensione.

Uscire dalla doccia calda e toccare con i piedi bagnati il pavimento ghiacciato è come alzarsi dal letto una seconda volta, e mentre mi guardo allo specchio avvolto nell'accappatoio penso che se iniziassi anche a fumare, in queste condizioni, sarei perfetto per il remake del *Grande Lebowski*. Passo una mano sul vetro per liberarlo dal vapore che lo aveva appannato e provo a immaginare come starei con i capelli lunghi e unticci del Drugo. Ridacchio tra me e me. L'autoironia è importante.

Ho fame e mi chiedo se a quest'ora, vista la situazione, sia più corretto pensare a una colazione o a un pranzo. Nel frigorifero non c'è molto. Immaginate una città medievale le cui mura siano formate da golose confezioni di pancetta affumicata, barattoli di olive nere e scintillanti tubetti di maionese. Il ponte levatoio è una busta di prosciutto confezionato che attraversa un frizzante fiume di Pepsi. Tutto intorno è un tripudio di profumi leggiadri, fiori e frutti da giardino dell'Eden. Ecco, il mio frigo somiglia a questa città, ma dopo i bombardamenti dell'esercito della Salmonella. È tutto già aperto, mangiato per metà e, a giudicare dalla puzza, anche in via di decomposizione.

Ma perché i single vengono ghettizzati in maniera così brutale? Esistono i barattoli di sugo pronto normali e quelli in versione maxi per le famiglie numerose. Perché non fanno quello mignon per chi è stato appena lasciato dalla fidanzata e vive da solo? Perché, per non dover buttare nel cesso più di metà barattolo di pesto alla genovese, ho solo due opzioni: o mangiare pasta al pesto per quattro giorni di fila, o usarlo pure come gel per i capelli? Infilo un braccio nel mio frigo come fanno i veterinari nel culo delle mucche quando devono farle partorire, con la faccia rivolta verso l'alto e cercando di non tenere il naso sottovento, e vado a tentoni alla ricerca di qualcosa di commestibile, ma tutto quello che riesco a trovare sono tre uova che si erano nascoste in fondo al secondo ripiano. Resto a fissarle più del necessario... e so anche esattamente perché. Mi sento un po' scemo, ma mi capita spesso di immedesimarmi nel cibo, e più in generale di pensare che gli oggetti inanimati possano provare emozioni, tipo avere paura o soffrire o annoiarsi. Se mangiassi due uova mi sentirei in colpa per quello che rimarrebbe da solo nel frigo e quindi non riesco a decidermi su quali mangiare e quale escludere. Non dico di andarne fiero, ma preferisco considerarmi estremamente sensibile piuttosto che completamente rincoglionito. Decido di mangiarle tutte e tre sfidando il colesterolo. "Piuttosto che avanza, crepa panza!" mi diceva sempre mia mamma.

Metto su un disco, una compilation *Northern Soul* comprata a nove euro in sconto nel mio negozietto di fiducia di roba usata, e inizio a mangiare. Fuori dalla finestra il cielo è azzurro come capita raramente a Milano. Sembra una giornata così bella che quasi mi sento in colpa per l'uso che ne sto facendo e per averne comunque già sprecata metà. Alzarsi tardi e mangiare in accappatoio uova fritte direttamente dalla padella non fa di te necessariamente un figo. Anche il condominio di fronte, un palazzo socialista degli anni Sessanta tristemente anonimo, oggi è illuminato dal sole in una maniera tale da farlo sembrare uno di quei meravigliosi palazzi in mattoncini di Manhattan. Probabilmente l'architetto che lo ha progettato aspettava giornate come questa. Per me, invece, non fa alcuna differenza. Spezzetto con la forchetta il bianco dell'uovo insaporito con un po' di pepe e bevo una golata di Guinness direttamente dalla lattina. Se mi osservassi dall'esterno, l'idea che ho di me peggiorerebbe sempre di più. L'unica cosa che non manca mai nel mio frigo è la Guinness, ma anche questa non è una scelta. Semplicemente *non poteva* mancare visto che da tre anni ne ricevevo direttamente a casa, ogni ultimo venerdì pomeriggio del mese, centoventiquattro lattine. Ovviamente, per necessità, ne beneficiavano anche i miei vicini di casa. Era parte del compenso, insieme a un mucchio di soldi, del mio primo lavoro. Del mio ultimo lavoro.

Sono già passati quattro anni da quando, a ventiquattro anni, ideai un programma televisivo che con la birra non aveva nulla a che vedere ma ne era inspiegabilmente sponsorizzato. Ero al secondo anno abbondante di Scienze della comunicazione e il progetto a cui avevo preso parte con la mia classe richiedeva di realizzare la presentazione di un format originale per la tv. Ovviamente l'aspetto del nostro lavoro che sarebbe stato valutato non era tanto la vendibilità del prodotto in sé, ma piuttosto la nostra capacità di riempire un paio di pagine con una descrizione chiara e pertinente di qualunque cazzata ci fosse venuta in mente. Il docente del corso era Piero Giotti, un autore televisivo sovrappeso e sudaticcio, autopresentatosi come mostro sacro della televisione italiana degli anni Ottanta. Quella dell'esplosione dei programmi in cui i culi seminudi iniziavano ad avere la meglio sui concetti, per intenderci. Due settimane dopo consegnai le mie due cartelle di Word in cui raccontavo di *Karma Police*, un format in cui un personaggio famoso, a turno, ogni settimana doveva compiere un gesto semplice ma importante per aiutare una persona comune e totalmente sconosciuta a risolvere una serie di piccoli problemi legati alla quotidianità. L'intento era quello di destrutturare il concetto di "mondo migliore" non affidandosi alle solite pompose iniziative umanitarie, ma cominciando il cambiamento dal proprio condominio. *Think global, Act local*. Le special guest di ogni puntata si sarebbero dovute impegnare a risolvere quelle seccature che ci complicano la vita ma che nessuno si prende la briga di affrontare. Una settimana Simona Ventura deve aggiustare un campanello che non funziona, quella dopo Gerry Scotti è alle prese con un cancello che non si chiude. Una volta Fiorello ripara un ascensore guasto, la volta successiva Alessia Marcuzzi vernicia la serranda di un negozio scarabocchiata dai graffitari. Tutto qua. L'idea non mi sembrava particolarmente interessante, né tanto meno originale, visto che era palesemente scopiazzata da *My name is Earl*, un serial televisivo che stavo guardando in quel periodo, scaricandolo abusivamente direttamente dall'America. «Eccellente» mi sentii dire dal Giotti. E mi spiegò anche perché era eccellente, visto che io proprio non lo avevo capito.

«Perché è divertente, primo!» e fino a lì, glielo potevo concedere. «Certo, manca un po' di figa eh...» mi sentii rimproverare. «Cos'è? Non ti piace la figa? No, perché... è fondamentale in questo lavoro eh...»

"Certo, certo... capisco..." se lo dice lei, avrei voluto aggiungere.

«La tv è come una discoteca! Preferiresti farti una bella serata in un locale pieno di cessi o...»

«No, no...» lo interruppi. «Dove c'è la figa, dove c'è la figa!» lo tranquillizzai.

«Bravo! Prima regola della tv. Tanta figa. Comunque, tornando al tuo progetto... mi piace... lancia un bel messaggio rassicurante. La gente deve essere rassicurata. Questo programma ti fa credere che il mondo sia pieno di gente per bene, di samaritani pronti ad aiutare il prossimo. Se poi il samaritano è anche uno ricco e famoso meglio ancora. Il pubblico vuole questo, buoni sentimenti!»

«Pensavo volesse la figa...» azzardai a obiettare.

«No. Vuole vedere la figa, ma vuole pensare che la figa, come mercificazione, non esista. La tv è subdola come il gioco delle tre carte, capisci? Figa c'è figa non c'è, figa c'è figa non c'è...» mi disse roteando in aria i pugni chiusi come a tentare di ipnotizzarmi, finché si fermò di colpo per chiedermi: «Dov'è la figa?».

Fui tentato di rispondere scegliendo tra uno dei suoi due pugnetti serrati, ma non me ne lasciò il tempo.

«Non la troverai mai la figa ragazzo, ma lei, invece, sarà in tutte le carte. Chiaro?»

«Certo.» Non era chiaro niente, tanto per cambiare.

«Bene! La figa è importante, mi raccomando... Comunque ho già parlato del tuo progetto all'ufficio sviluppi di Mediaset... Sono entusiasti. Ma come ti è venuta l'idea? Stavano cercando un format simile da mesi, sai?»

"E non siete riusciti a trovare nulla di meglio?" pensai tra me e me. "Siete messi bene..." Decisi comunque di adottare un profilo adeguato alla loro eccitazione nei miei confronti.

«Be', ci ho lavorato su parecchio, nonostante fosse un'attività extracurriculum per quel che riguarda il mio percorso di studi. Gli stimoli all'università spesso mancano e avevo voglia di confrontarmi con un progetto più grosso. Sono un ambizioso.»

Ero tutto fuorché ambizioso e la tristezza del pasto che sto consumando lo testimonia. Nonostante ciò, mi fecero un'offerta per acquistare i diritti dell'idea e per un posto di lavoro in azienda. Erano un sacco di soldi e accettai. Probabilmente loro ci guadagnarono ancora di più, visto che il programma fu la rivelazione della seconda serata quell'anno, e venne tradotto anche all'estero dopo che mezza Europa ne comprò i diritti. Ovviamente ero stato tagliato fuori dal guadagno "grasso", ma il mondo che mi si stava aprendo davanti agli occhi era ricco di opportunità e pensai che, se aver partorito quell'idea "geniale" di mandare Davide Mengacci da una vecchietta ad attraversare la strada mi aveva fatto apparire ai loro occhi il messia dell'intrattenimento mediatico, assurgere al livello di piccolo Buddha del tubo catodico sarebbe stato un gioco da ragazzi. Mi gettai corpo e mente nella costruzione della mia scintillante carriera da autore televisivo e lasciai l'università, che rappresentava ormai solo un fastidioso ostacolo.

Bene, *Karma Police* fu la mia prima e ultima intuizione. Il mio cervello era diventato improvvisamente di sabbia e non riusciva a produrre niente di nemmeno lontanamente definibile "geniale", che, per inciso, era la parola che nell'ambiente determinava persino il tuo diritto a respirare la loro stessa aria. Dovevi essere *geniale,* altrimenti, per quel che li riguardava, potevi anche togliere il disturbo dalla faccia della terra. Durai un po' in azienda, scivolando però sempre più in basso nella loro scala gerarchica, e quando entravo alle riunioni riuscivo a sentirmi addosso la loro delusione. "Abbiamo creduto tanto in te..." sembravano dirm con il loro sguardo pieno di disapprovazione "e tu guarda come ci ripaghi... forse non vali quello che pensavamo..."

Mi sentivo come uno di quei calciatori per i quali vengono spesi un sacco di soldi dalle squadre, quelli che fanno infiammare i cuori dei tifosi, e che alla terza giornata sono già catalogabili come bidoni. Eccomi qua. Un bidone. Eppure, quando ti convincono che hai un talento non prendi minimamente in considerazione l'ipotesi che possano essersi sbagliati. Voglio dire, il talento mica può sparire... il raffreddore ti può passare, il talento no. Al massimo si è nascosto da qualche parte, addormentato come un bambino dopo una giornata passata a giocare in cortile. Va solo risvegliato. "Dài Alessandro! Devi solo stare più attento. Devi osservare. Devi catalogare. Devi proiettare un punto di vista su ciò che ti accade, e prima o poi sarai in grado di spremere la vita fino a produrre di nuovo litri e litri di genialità." Da qualche mese vivevo con l'ossessione di annotare qualunque cosa mi passasse davanti agli occhi, e tutto quello che avevo ottenuto dalla mia spremuta di vita era un lungo e noioso verbale. Annota questo: forse non sei un genio.

Decido che non posso farmi assillare ulteriormente da questo pensiero e sulle note dell'ultima traccia del cd, mentre sto mettendo i piatti nel lavello, sento vibrare il telefonino che avevo appoggiato sul tavolo. Mi giro e lo osservo, senza muovermi. Se vibra più di tre volte è una chiamata, altrimenti è un messaggio e quindi posso leggerlo anche più tardi, dopo aver almeno lavato il mio unico piatto. Il cellulare danza sulla superficie liscia del bancone una volta, due volte, tre volte... e stop. Mi rigiro e lascio che l'acqua calda faccia il suo primo lavoro sul piatto e sulle mie mani infreddolite, insapono anche la padella antiaderente facendo attenzione a utilizzare il lato morbido della spugna e poi passo tutto sotto il getto d'acqua calda. Metto a scolare piatto e padella e asciugo la superficie di acciaio del lavandino. La cucina è in ordine e la osservo tutto soddisfatto con le mani appoggiate sui fianchi, come un artista che rimira la sua opera consapevole di aver realizzato un capolavoro. Quando le tue giornate sono così vuote, inizi a ricavare piccole soddisfazioni anche da uno starnuto.

Leggo il messaggio.

Dice: "Vieni al matrimonio di Cibbì?".

Non ci credo! Si sposa Cibbì. Cibbì è uno dei miei più vecchi amici. Abbiamo fatto insieme tutte le scuole, dalle elementari al liceo, poi lui ha avuto un brillante cammino universitario e si è trasferito a Roma per lavoro. Ovviamente Cibbì non è il suo nome di battesimo, ma l'evoluzione del suo primo soprannome, C.B. Che a sua volta non rimanda alle iniziali del suo nome di battesimo. Lui si chiama Stefano. C. e B. stanno per Culo di Burano.

Una sera stavamo cazzeggiando al pub e la discussione era caduta sul sesso. In quel periodo Simone si stava vedendo con una ragazza che faceva la massaggiatrice e che sarebbe poi diventata la sua attuale fidanzata. Quando noi, dimostrando un discreto interesse, gli avevamo chiesto: «Che tipo di massaggiatrice?» lui ci aveva risposto imbarazzato: «No, no! Normale!».

Ovviamente non volevamo insinuare che la sua nuova fiamma e, chissà, futura moglie, fosse una prostituta thailandese che praticava massaggi equivoci ai ragazzi del dopolavoro ferroviario di Torino, ma visto l'involontario assist che ci aveva fornito avevamo iniziato a fargli domande sempre più imbarazzanti. Si parlava della nobile arte del petting e dell'evoluzione a petting spinto e, successivamente, a petting estremo. Dery non capiva cosa volesse dire petting estremo.

«Cioè in che senso *estremo*?» chiedeva. «Un ditalino è un ditalino. Come devo farglielo? Buttandomi da un dirupo a testa in giù?»

Noi ci stavamo lanciando, ognuno a modo suo, in un intrepido elenco di pratiche sessuali che avrebbe dovuto sperimentare con la sua nuova amica quando improvvisamente, incappando in un accidentale momento di silenzio, Stefano urla:

«Cioè a me piace quando mi mette un dito nel culo!»

Dopo questo, il gelo. Ci giriamo tutti di scatto e guardiamo negli occhi quello che da lì a qualche minuto sarebbe stato per sempre Cibbì.

«Cioè, non proprio il dito...» prova a rimediare ma ormai era troppo tardi.

Noi continuiamo a restare in silenzio e a fissarlo.

«Non tutto il dito dentro proprio... cioè mi piace se col dito ci gira un po' intorno, no?»

Cercava la nostra approvazione, ma nessuno era disposto a cedere.

«Così...»

Inizia a disegnare nell'aria, con l'indice, una serie di piccoli cerchi concentrici.

«Cioè col dito, ma piano eh... cioè mi piace se fa un po' così...»

E continuava a disegnare quei cerchiolini nel vuoto, come se stesse provando a ipnotizzarci sperando che dimenticassimo tutto.

«Ecco così... lei si bagna un po' il dito con la lingua e poi mi gira intorno così... ma delicato eh... come si fa quando vuoi far fischiare il bordo dei bicchieri di cristallo...»

Dery è il primo a rompere le righe. Lo guarda e gli fa: «Ma checcazzo c'hai? Il culo di Burano?!?!»

Da quel giorno, nonostante il vetro si faccia a Murano, Stefano era diventato Cibbì e, manco a dirlo, non ci raccontò mai più nulla di privato e nessuno di noi si azzardò mai più a confidare agli altri qualcosa che potesse procurargli un soprannome vitalizio.

Ora sono qua in piedi col telefono in mano e penso a Culo di Burano tutto vestito elegante sull'altare mentre aspetta la sua sposa che a passo deciso gli si fa incontro per scambiarsi gli anelli e unirsi a lui nel sacro vincolo del matrimonio.

Mi immagino lui, nervoso e in ansia, come è sempre stato, ma con la faccia beata di un capitano che vede terra e sa che sta attraccando la sua nave in un porto sicuro. Provo a immaginare anche la faccia della sposa. Non ci riesco. Ma cazzo, non è possibile! Non so nemmeno chi sia la sposa.

Cibbì è sempre stato single e di sicuro il mese scorso, l'ultima volta che l'ho visto non era fidanzato... sì, stava vedendo una ragazza che aveva appena conosciuto, ma niente di serio. Non può aver deciso così su due piedi! Quando tra di noi facevamo il toto-incastro e scommettevamo su chi si sarebbe sposato per primo, lui era sempre quello che riceveva meno voti. Io quello che ne accumulava di più, sia nella categoria matrimonio che nell'ancor più ostica categoria figli. "Il primo ero sempre io" penso. "Non è giusto" penso.

"E soprattutto, perché non ne sapevo niente?" penso.

A sollevare qualche sospetto del perché sia stato l'ultimo a ricevere la buona nuova mi rimbomba nel cervello una parodia della voce del mio portiere, che in milanese maccheronico dice: «Ricordet de cuntrulà la posta che ghe sta denter pü nient!». Mi precipito giù e controllo. Non stava scherzando. La cassetta delle lettere è realmente sul punto di esplodere e altre buste a mio nome sono addirittura impilate a terra tra il portaombrelli e un passeggino. Ne estraggo alcune a casaccio e le faccio passare velocemente, una via l'altra. Un paio di bollette, la guida tv di Sky, un catalogo della nuova collezione Divani & Divani, una busta verde col timbro del Comune di Milano che mi terrorizza senza nemmeno conoscerne il contenuto, un volantino con l'offerta di una valutazione gratuita e senza impegno del mio immobile, e poi una busta sulla quale il mio nome è scritto in corsivo, probabilmente con una penna stilografica.

"Ah, ecco" penso. La apro e leggo tutti i dettagli relativi al matrimonio del mio amico Cibbì, compreso il nome della sposa. Emanuela. Mai sentita nominare.

Due metri sottoterra

Probabilmente sono fin troppo suggestionabile, ma è da quando ho ricevuto la partecipazione al matrimonio, con i nomi dei due sposini scritti con inchiostro dorato in corsivo su un cartoncino beige, che continuo a pensare a quel film con Ben Stiller. Quello in cui il protagonista viene invitato a un matrimonio e al momento del pranzo si trova seduto a un tavolo circondato da bambini di dodici anni. Ovviamente lui pensa a un errore, ma quando chiede spiegazioni sul perché sia finito al tavolo dei bambini invece che con gli adulti, gli rispondono che quello in realtà era il tavolo dei single.

Non avevo nessuna intenzione di fare quella fine. Non mi sarei mai e poi mai presentato a quel dannato matrimonio da solo. Il problema era che Cibbì aveva deciso di sposarsi su due piedi con un preavviso di tre settimane, be', per me una soltanto, e non avevo né il tempo, né la voglia di uscire per locali come un diciassettenne a caccia di un'accompagnatrice. Così ho deciso di invitare la mia amica Olli e chiederle, visto che nessuno dei miei amici l'aveva mai conosciuta, di fingere di essere, se non proprio la mia fidanzata, quantomeno la ragazza che stavo frequentando da un po'.

Evidentemente ha accettato, visto che sono appollaiato su uno sgabello in cucina ad aspettare che mi passi a prendere. Ho la tipica postura dell'attesa, di chi si mette seduto perché non sa per quanto tempo dovrà aspettare ma nemmeno troppo comodo perché sa che non si tratterà di una cosa lunga. La classica posizione "in punta di culo", per capirci. Mi osservo riflesso nello specchio vicino alla porta d'ingresso e penso che sono proprio vestito come avrebbe voluto mia madre, con i pantaloni neri e una camicia bordeaux infilata dentro. Ho ceduto solo alle scarpe da ginnastica, ma la scelta di cui vado più fiero è quella del cappotto a scapito del maglione pesante, che mi sembra più elegante e al tempo stesso posso levarlo più comodamente e restare in camicia, visto che in chiesa fa sempre un caldo boia. Un caldo esagerato considerato il contesto. Ho sempre pensato che invece di chiedere le offerte i preti potrebbero più semplicemente abbassare il riscaldamento, risparmiando sulle bollette. D'altronde non iniziò tutto in una capanna riscaldata dal solo respiro di un bue e di un asinello? Possono far sbuffare i chierichetti. Anche perché non ho mai capito a che cazzo servano altrimenti. A parte fare compagnia ai preti, intendo.

Eccola.

Olli ha un modo tutto suo di suonare il citofono. È lo stesso da quando la conosco e lo trovo sinceramente inquietante, quantomeno nella sua regolarità. Lo suona seguendo il ritmo del vecchio jingle di Canale 5. *Ca-na-le-ciiin-quee... tatta-ritta-tira-tà-tà.* Ma almeno so sempre che è lei. Scendo in strada, apro la portiera della sua Ka e vengo immediatamente avvolto dal profumo di caramelle che rallegra le mie narici ogni volta che salgo sulla sua macchina. È inspiegabile. Olli è la proprietaria legale di una delle macchine più sporche e maltrattate che abbia mai visto in vita mia, ma nonostante ciò ha l'odore che avrebbe la macchina di Willie Wonka se mai esistesse.

Va detto che il problema non è solo la sporcizia sui tappetini dei sedili posteriori. È un'auto vecchia e ogni volta che Olli tenta di fare manovra i freni, la frizione o il motore si mettono a strillare come un cristiano. Mi ha detto che le si è prosciugato il liquido dell'idroguida. Fa due metri ed è costretta a salutare e rassicurare tutti quelli che si sono girati terrorizzati verso di lei. Altri due metri e ancora nuovi saluti. A quel punto prova a ripartire con nonchalance ma per l'imbarazzo e la tensione imballa il motore.

Devo ammettere che è diventata lo zimbello del quartiere. La gente si telefona e si mette alla finestra quando lei deve uscire per andare a lavorare. Anche se un lato buono c'è. Nessuno vuole parcheggiare vicino a lei e quindi Olli ha il suo parcheggio regale sempre libero e bello ampio. Non so, forse hanno paura che la sua macchina contagi le altre. La gente è così attaccata ai beni terreni... non per niente, a lei piace vederla semplicemente come una triste ma universale metafora dell'emarginazione del più debole. "Lo fanno i leoni con i leoni in Africa e lo fanno le Audi con le Ka in Italia" dice lei.

Arrivati in chiesa ci accomodiamo in quarta fila, sul lato destro, dalla parte degli amici e parenti dello sposo. Davanti a noi, una fila di colleghi di lavoro di Cibbì e due file di parenti in trepidante attesa. Li osservo scambiarsi pareri, aspettative e congratulazioni, li guardo sporgersi col busto verso la navata centrale preparando le macchine fotografiche per l'ingresso della sposa, li sento complimentarsi tra di loro per i vestiti e le acconciature. Cerco con lo sguardo la mamma e il papà di Stefano. Hanno i volti colmi di gioia ed emozione. Lui la abbraccia nel tentativo di tranquillizzarla, mentre lei tormenta nervosamente il filo d'oro che porta al collo. Mi chiedo se sanno che al loro bel bambino piace farsi infilare le dita nel culo.

Dall'altro lato della chiesa, come nella curva avversaria allo stadio, sono schierati i corrispettivi amici della sposa. L'odore aspro dell'incenso mi avvolge come una sciarpa e mi fa girare un po' la testa, complice forse anche lo stomaco vuoto, visto che questa mattina non ho fatto in tempo a fare colazione. La chiesa è piccola ma accogliente, con l'altare trasformato nel palco di Sanremo da tutte le ghirlande di fiori rosa che ne adornano le balaustre. Sul muro alla mia sinistra è dipinta una di quelle tipiche scene cristiane, dove un poveretto sta soffrendo le pene dell'inferno ed è circondato da due o tre anime pie che, invece di chiamare un dottore, se ne stanno lì a guardare il cielo con le braccia larghe e le mani a coppa rivolte verso l'alto. Forse sono in attesa di un miracolo. Forse controllano che non abbia iniziato anche a piovere.

Cibbì è davanti al prete che aspetta l'ingresso della sua dolce metà dando le spalle all'intera scena, come un calciatore che in piedi a centrocampo si volta per non vedere il rigore decisivo della sua squadra. Sarà l'urlo dei tifosi a informarlo del gol. Il brusio in chiesa aumenta leggermente, l'emozione è così alta che per il momento nessuno sembra avere ancora la forza di commuoversi, e di colpo le canne dell'organo iniziano a fischiare la marcia nuziale. È adesso che Cibbì si volta e osserva la sua sposa avanzare lentamente per la navata centrale.

D'improvviso capisco perché le donne siano così ossessionate dall'idea dal matrimonio. Quel giorno sono bellissime. Sono convinto che il vestito bianco, il velo davanti agli occhi, il fiore bianco incastrato tra i capelli, i paggetti che tengono alto lo strascico e la consapevolezza di essere al centro dell'attenzione di tutti, farebbero sembrare sexy e desiderabile anche Lucia Annunziata.

«Che tu sappia Lucia Annunziata è sposata?» chiedo a Olli.

Ottengo per tutta risposta uno sguardo disgustato.

La sposa ha ormai raggiunto l'altare. Stringe la mano a Cibbì. Riesco quasi a sentire la forza di quella stretta a cinque metri di distanza attraverso lo sguardo che il mio amico le rivolge. È una stretta di mano che vuole infondere coraggio e fiducia. I due, dopo una breve intro del prete, si siedono. Noi facciamo altrettanto. Dopo qualche minuto di monologo del prelato si rialzano. Noi facciamo altrettanto. Poi si risiedono. Poi si rialzano. E noi, come a una lezione di acquagym per turisti tedeschi in Romagna, ripetiamo pedissequamente gli input che riceviamo dai futuri sposi. Per una mezz'oretta buona è tutto un sedersi e rialzarsi a ritmo di amen, fino al momento che tutti i presenti stavano aspettando.

Lo scambio degli anelli è come il momento in cui Jack Nicholson ficca il muso nello squarcio della porta dopo averla distrutta a colpi di accetta. È come trovarsi davanti Robert De Niro che si guarda allo specchio con la cresta da moicano e si domanda: «Ehi, stai parlando con me? Stai parlando con me?!». È come lo spelling pronunciato da Abatantuono davanti alla "tribù di handicappati": «A come atrocità – doppia T come terremoto i tragggedia – I com' iradiddio – L come laco dissangue – A come adesso vengo lì e ti spacco le corna». È la scena madre. È il motivo per cui ho pagato sette euro e cinquanta per il biglietto del cinema, più cinque euro per una ciotola di pop corn e una Coca media. Devono aver seguito il corso prematrimoniale con grande attenzione, perché sembrano non sbagliare una mossa, e tutto fila liscio. Come se non avessero fatto altro per il resto della vita. Anche il prete è piuttosto in gamba. La cosa mi delude un po' e non nascondo che avevo sperato fosse uno di quei preti che finiscono su YouTube perché si presentano alla funzione totalmente ubriachi e cadono per terra al momento di dare la loro benedizione o chiamano lo sposo Patrizia e la sposa Gianni, tra le risate degli amici e le facce imbarazzate dei parenti. Invece niente di tutto ciò. Anzi, non manca nemmeno il climax emozionale in cui la voce di Cibbì si fa sottile sottile e tremula al momento di recitare la sua promessa provocando il pianto fragoroso di Emanuela e del novanta per cento dei presenti in chiesa. Mi duole ammetterlo, me compreso. Mi sforzo di non sbattere le palpebre per non far scivolare sulle guance le lacrime che si stanno accumulando fino quasi a sommergermi la retina.

Sento il petto schiacciato da un peso insostenibile e la schiena sprigiona vampate di calore così forti e improvvise che quasi mi stupisco di non vedere nuvolette di vapore schizzarmi fuori dal colletto della camicia. Mi allento un po' la cravatta, ma la sensazione di ingorgo allo stomaco non migliora. Mi sento come un lavandino pieno a cui har no strappato via il tappo. Per un istante visualizzo davanti agli occhi il vortice che risucchia tutto e lo trascina giù per lo scarico. Mi immagino mentre cerco di salvare qualcosa nell'acqua, prima che scivoli nel bocchettone e sparisca per sempre. Sembra una delle fedi che Cibbì ed Emanuela si sono appena infilati al dito. Sto cercando di afferrare al volo un anello d'oro, ma sono troppo lento. Lo vedo danzare luccicante un ultimo istante, roteando sul bordo della tubatura come una pallina da golf che non si decide a entrare in buca. Mi sforzo al massimo e tendo il braccio più che posso ma sono ancora troppo distante per raggiungerlo. Frodo non ce l'ha fatta. L'anello è scomparso per sempre.

Con un colpo veloce mi strofino il dorso della mano sugli occhi finendo per bagnare anche il polsino della camicia.

«Oh... ti sei commosso... cucciolo...» mi scherza Olli, per niente smossa dal pathos di quel momento sacro.

«Ma va'...» minimizzo «non sono lacrime di commozione, sono di dolore. Per Cibbì. È così giovane...»

Gli sposi si stanno ormai baciando e un applauso scrosciante mi fa uscire da questo mio improvviso stato visionario di catalessi. Penso che vorrei poter prendere Viola come mia sposa, adesso. E prendere la sua fragilità e mescolarla alla mia. Vorrei sposare i suoi sbalzi di umore e vorrei avere la possibilità di affrontare nuovamente i suoi silenzi per imparare a interpretarli. Vorrei prendere il suo non saper chiedere e la sua difficoltà nel raccontare i propri sentimenti. Vorrei che lei prendesse me per amarmi quando non me lo merito, perché sarà allora che ne avrò veramente bisogno. Vorrei che sposasse la mia razionalità e il mio modo lucido e spesso freddo di vivere l'amore con lei. Penso a Viola come alla persona che vorrò avere accanto quando starò male e quando avrò bisogno di qualcuno con cui condividere un po' della mia felicità. Vorrei non averla ancora conosciuta. Vorrei incontrarla domani per la prima volta. Penso a lei, e a tutti i modi che ci sono per morire. E a come venire a un matrimonio poco dopo averla persa sia uno di questi.

Il tragitto in macchina dalla chiesa al ristorante insieme a Olli mi era bastato a rimettermi in carreggiata e a riconfigurarmi dalla modalità "tragedia personale", alla modalità "enorme pantomima". Non avevo altra scelta se non tirarmi su di morale, ovviamente. Sapevo che, varcata la porta della sala da rinfresco, la mia giornata sarebbe stata una lunga battaglia combattuta a colpi di sorrisi ammiccanti, strizzatine d'occhio e pacche sulle spalle. Se mi fossi sentito particolarmente ispirato, mi sarei addirittura esibito nella mossa del pistolero, detta anche la "Calamity Jane", in cui si saluta chi si incontra da lontano fingendo di avere due rivoltelle al posto delle dita. La maggior parte delle volte si "spara" un solo colpo, a casaccio, per aria. Quando si vuol fare veramente impressione, si mira il bersaglio e si spara due volte. Ma questa è roba da professionisti.

Sospiro sorridendo di fronte alla tabella con la disposizione dei posti a tavola. Questo è un momento importante. Come quando al liceo, il primo giorno, ti presentavi a scuola all'alba con il tuo migliore amico per essere sicuri di poter occupare per tutto l'anno l'ultimo posto in fondo a sinistra vicino al termosifone e alla finestra grande. Incrocio mentalmente le dita per evitare di finire allo stesso tavolo con qualcuno dei parenti dello sposo o della sposa che non conosco. Non sopporto le variabili impreviste. Vorrei essere seduto di fianco a qualcuno di cui ho la certezza che non puzzi, che non parli troppo, che non parli troppo poco, che non sputi mentre parla, che non faccia rumori col cucchiaio mentre mangia la minestra, che non rimetta nel piatto pezzetti di carne già masticati solo perché c'era un po' di grasso, che non sia uno di quelli che si alza in piedi proponendo brindisi ogni trenta secondi per qualunque cazzata, un brindisi agli sposi, un brindisi allo sposo, un brindisi alla sposa, uno alla mamma, uno al papà, uno a noi, uno a voi, un brindisi al parroco e uno al risotto con i funghi, che non si ubriachi subito e inizi a urlarmi nelle orecchie o a tentare di convincermi a fare il trenino, che non inizi a sciorinare luoghi comuni sul matrimonio, sul calcio e sulla politica, che non chiami il cameriere schioccando le dita come fosse uno schiavo, che non pensi di essere divertente solo perché finge di avere un'erezione alzando il tovagliolo sopra i pantaloni usando un coltello di nascosto e ci obblighi pure a guardarlo, che non mi guardi con disapprovazione facendomi sentire in colpa, anzi, che rida di gusto nel caso io dovessi raccontare una di quelle esilaranti barzellette sugli handicappati, i negri, gli ebrei o qualunque altra minoranza etnica o religiosa. Non mi sembra di chiedere troppo, tutto sommato.

Cibbì è sempre stato un grande appassionato di cinema e quindi ha diviso i tavoli per registi, e, va detto, ha decisamente degli ottimi gusti. C'è il tavolo Kubrick, il tavolo Ford Coppola, quello Scorsese, Anderson, Fellini, Gondry, Tarantino, De Palma. Io e Olli siamo finiti nel tavolo Gondry insieme ad altre sei facce più o meno conosciute. Non male, anche se avrei preferito Wes Anderson.

Prendiamo ognuno il proprio posto e tra una chiacchiera e l'altra, una foto ricordo e un «per gli sposi hip hip hurrà!», le portate passano veloci. Il vino bianco si è mischiato a quello rosso e ormai la festa è entrata nel vivo e si è passati dalla fase di stucchevole imbarazzo composto a un girone dell'inferno dantesco. Tutti bevono, il limoncello sgorga a fiumi, l'amaro Montenegro viene versato ormai direttamente nei bicchieri dell'acqua.

La mamma della sposa fa accendere l'impianto stereo e picchietta le dita sul microfono come una consumata rock star al momento del sound check. «Prova! Prova!» dice con uno spiccato accento calabrese. «Ti auguro una vhita fhelhice picchola mia!» urla la madre, e tutti applaudono, e le casse cominciano a pompare musica e la band parte con *Isn't She Lovely* di Stevie Wonder. *Isn't She Loooovelyyyyy, Isn't She Wonderfuuuuuul...*

Le parole miagolate in filodiffusione dal finto Stevie sono un colpo durissimo per il mio umore. Evidentemente, penso, sono conciato proprio male se anche la regina delle canzoni generiche mi rimanda a lei. Il problema è che tutto sembrava parlarmi di lei. Le canzoni alla radio, le scene d'amore nei film, le scene d'odio nei film, le pubblicità scadenti di nuove tariffe telefoniche... Mi alzo per prendere una boccata d'aria, perché sento di averne veramente bisogno. Non mi metto il cappotto e l'aria gelida mi attraversa la camicia indurendomi i capezzoli: la loro reazione al freddo mi diverte ogni volta. Sorrido e li strofino con la punta dell'indice. Ovviamente quando si fa qualcosa di imbarazzante pensando di non essere visti da nessuno ci si sbaglia sempre.

In un angolo del cortile, vicino alla catasta di legna tagliata per il camino e ai margini di tutto il bailamme matrimoniale, Fabio se ne sta seduto, concentrato sul suo flûte di prosecco scadente come se stesse cercando di contare le bollicine che fanno a gara per risalire la superficie opaca del bicchiere. Forse non mi ha nemmeno notato. Lo osservo a lungo prima di decidere se avvicinarmi o meno. Normalmente mi sarei fatto i fatti miei, lo avrei lasciato immerso nei suoi pensieri senza disturbare. Di solito, a essere onesti, non mi sarei nemmeno accorto di lui. Ma forse tristezza chiama tristezza, forse le persone sole finiscono per essere sole insieme. Forse sembrava l'unica persona più depressa di me e speravo che fare quattro chiacchiere con lui mi avrebbe tirato su il morale. Speravo mi raccontasse qualcosa di smodatamente tragico e irrisolvibile. Magari questa mattina, appena prima di venire al matrimonio di uno dei suoi migliori amici, era stato dal dottore che gli aveva diagnosticato un cancro al fegato, ho fantasticato per un secondo. Speravo mi raccontasse qualcosa di serio, insomma, qualcosa al cui confronto Viola potesse sembrare un problema trascurabile. Sempre grave, certo, ma obiettivamente meno di un ipotetico cancro al fegato. Almeno io potevo ancora bere. Lo avrei riscaldato con uno sguardo pieno di partecipata commiserazione e gli avrei detto: "Ehi! Mi dispiace un sacco!" e poi avrei provato a dire qualcosa per consolarlo del tipo: "Sì, ma ora non buttarti troppo giù, dicono che al giorno d'oggi l'Aids può essere curato... ci facciamo una birra?". Forse mi sarei addirittura arrabbiato con lui: "Tumore ai testicoli? Tutte queste scene per un tumore ai testicoli?! Ehi, c'è gente che soffre realmente qui!" lo avrei rimproverato indicandomi, battendo il pollice sul petto.

Ma forse sono solo un inguaribile ottimista e quindi mi avvicino con passo cadenzato, simile a quello che poche ore prima ha esibito la promessa sposa per raggiungere l'altare.

«Ehi...» faccio io.

«Ehi» fa lui alzando leggermente lo sguardo ma non la testa.

«Anche tu superfan dei matrimoni?» provo a buttare lì per rompere il ghiaccio.

«Già...» Ok, così non andiamo da nessuna parte. Fabio si alza in piedi e inspira forte facendomi pesare la mia interruzione.

«Come va il lavoro?» aggiunge immediatamente, tanto per cambiare argomento.

«Be'... insomma, diciamo che sono in un momento di pausa creativa... ma conto di rimettermi in moto a brevissimo... sai i clienti investono in questo periodo, sotto Natale...» gli rispondo io tutto preso, dimenticandomi per un secondo che la sua era più che altro una domanda di circostanza.

«Certo, certo... be' quel tuo programma... *Call the police*? Come si chiamava?»

«*Karma Police*?»

«Già, quello! Ecco, quello non era male. È l'ultimo che hai fatto, no?»

Ultimo. E anche primo, ed erano già passati quattro anni. "Non si può certo dire che stia bruciando le tappe" penso tra me e me. Annota questo: sei un fallito.

«Già... già... non male, ma dopo quello non riesco a pensare a nient'altro che regga il confronto... Mi è venuta una specie di ansia da prestazione, paura di non essere all'altezza... cazzate così... sai com'è, no?»

«So com'è, certo» mi risponde abbassando nuovamente lo sguardo verso il bicchiere in cui lo spumante stava iniziando a riscaldarsi.

«Be', cerca ispirazione dalla vita di tutti i giorni, no?» mi consiglia. «Senti questa: programmi sui matrimoni ne hanno già fatti un sacco, no? Ma questo sarà rivoluzionario... tipo un reality! Prendi ad esempio questo matrimonio, inquadratura su una coppia di sposini all'altare. I loro occhi sono sognanti. Puoi leggerci dentro tutto l'amore del mondo. Il prete, con la sua faccia da cazzo, sta davanti a loro e inizia a scrivere la prima pagina della loro fine. «Vuoi tu...» e di colpo la chiesa viene demolita da un meteorite che fa esplodere gli sposi, il prete e i duecento invitati in pezzettini minuscoli che schizzano da tutte le parti! Titoli di coda.» E mi guarda come a dire: "Be' che te ne pare"? Mi pare che io sto messo di merda, ma anche tu non scherzi. Ecco cosa me ne pare.

«Forte» gli rispondo non troppo convinto. «E quale dovrebbe essere il target di riferimento, esattamente?»

«Non lo so... Forse le persone che credono che questa giornata faccia schifo? Come questa vita? Che ne dici? Comunque dammi retta, è una fortuna che tu e Viola vi siate lasciati...»

Una piccola scossa elettrica mi attraversa le tempie come una coltellata e la mia mano si contrae nervosamente prima di chiudersi in un pugno così stretto che per poco le unghie non mi si conficcano nella carne. Fabio non se ne è nemmeno accorto e per fortuna, dopo qualche secondo, muscoli, nervi e tendini si rilassano quasi contemporaneamente. Le notizie brutte corrono veloci a quanto pare.

«Perché, anche tu e Linda vi siete...»

«Macché... magari! No, no... siamo ancora insieme. Ma non puoi immaginare quanto inizi a odiare questa parola. Sono quasi nove anni, ormai. *Insieme.*»

«Be', ma non sembra abbiate problemi, voglio dire a vedervi da fuori.»

«Ogni giorno torno a casa sperando di aprire la porta e non trovarla più! Di trovare un bigliettino in cui mi chiede di perdonarla ma ha deciso di andarsene per sempre!»

«Ammazza, che esagerato... spero che per ora, tu, non gliel'abbia detto... sai, le donne in genere preferiscono sentirsi dire robe tipo "ti amo, sei la mia vita" o "tieni il bancomat"...» ridacchio da solo cercando di stemperare i toni di una discussione che si sta facendo più deprimente di quello che speravo.

«No che non le ho detto nulla... sono un codardo! Ho provato a parlarle, a spiegarle che le cose devono cambiare... ma ogni volta che accenno il discorso scoppia a piangere e la discussione finisce. Non riesco ad andare avanti e mi sento in ostaggio della mia paura. In trappola. Non sono più felice, capisci? Un tempo lo ero e soprattutto credevo che lo sarei stato anche in futuro. Ora se penso al futuro mi viene la depressione. Sai qual è la verità? La verità è che la coppia è peggiorativa. Vince sempre il più meschino, il più cattivo, il più egoista. Cambiare una persona è difficile, ma migliorarla è impossibile. Ci si appiattisce sempre verso il basso e in questi anni, tutti e due, siamo solo riusciti a peggiorarci a vicenda. Abbiamo preso quanto di peggio avevamo entrambi da dare.» Fabio si concede una pausa sconsolata di silenzio, come se stesse riascoltando mentalmente le sue ultime parole per prenderne coscienza, prima di aggiungere: «In più è un periodo che mi parla di figli. Di bambini, capisci? Ma io non posso... sarebbe il più grosso errore della mia vita in questo momento... con questa donna...».

«E cosa hai intenzione di fare? Intendo con lei...» domando, riuscendo per la prima volta da quando sono stato lasciato a non pensare a me stesso.

Respira profondamente, come se questa confessione gli costasse uno sforzo fisico considerevole, e poi prosegue.

«Ho dei parenti alla lontana in America, a New York, e qualche mese fa li ho chiamati per sapere come se la passavano. Vorrei trasferirmi, dare una scossa a tutto quanto. Ricominciare da capo. Ho un po' di soldi da parte, quindi ho il culo parato per un periodo... Se non lo faccio adesso, quando potrò averne di nuovo l'occasione?»

«E con il lavoro?» mi sono permesso di chiedere.

«Cos'è? Vi siete messi d'accordo?» mi ringhia contro.

«No, è che mi sembra una domanda legittima... sensata...»

«Ma cos'è quest'ossessione per il lavoro? Perché siete

tutti convinti che il lavoro ci sia solo qua, a non più di un chilometro da casa dei vostri genitori? Ma dico, non avete voglia di girare il mondo, viaggiare, sperimentare, essere liberi per vostro stesso merito? Perché avete così paura?»

«Non è paura... è che...»

«Che cosa?»

Non lo sapevo. Non sapevo che cos'era. Non sapevo perché me ne stavo lì in piedi davanti a lui a cercare di convincerlo a restare. Aveva negli occhi un coraggio che non pensavo potesse appartenergli. Mi sembrava così strano sentirlo parlare in quel modo, che quasi non lo riconoscevo più.

Ripenso a quando ci siamo conosciuti, ai tempi delle medie. Fabio era un compagno con il quale era piuttosto facile andare d'accordo. Non si lamentava mai ed era sempre accondiscendente col prossimo, e questo non lo rendeva certamente il ragazzo più popolare della scuola. Ricordo che una volta persino l'insegnante lo segnò assente sul registro nonostante lui fosse seduto bello composto nel suo banchetto. Qualche ragazzo tendeva ad approfittarsi della sua pacatezza e, tra questi, io ero forse il più figlio di puttana. Mi piaceva giocare con lui perché potevo essere sempre il più forte. Diciamo che quando io volevo essere Batman, lui non aveva nessun problema a essere Robin, la mia spalla. Per tutto il periodo delle medie non gli permisi mai di giocare con i Masters "del bene". Lui poteva tenere solo i cattivi, perché i cattivi devono sempre perdere. A lui stava bene così, mi pareva. Solo una volta tentò di sovvertire quest'ordine imposto delle cose e mi invitò a casa sua per farmi vedere una sorpresa. I suoi genitori gli avevano regalato un veicolo dei G.I. Joe "buoni", e quel giorno, col suo giocattolo nuovo in mano, mi chiese se poteva essere lui il paladino della giustizia. Io glielo spaccai davanti agli occhi. Si mise a piangere, e quella fu l'unica volta che lo vidi vagamente vivo. Oltretutto riuscii anche a convincere sua madre che era stato un incidente. "Dài Fabio, non lo ha mica fatto apposta, tornate di là a giocare..."

Lo so è orribile, ma credo che potrei invecchiare qua, stando in piedi a ripensare a tutte le cose orribili che ho fatto. Non credo fu quello il motivo, ma alle superiori io e Fabio ci perdemmo per un po' di vista, fino al giorno in cui tutti lo persero di vista. Aveva iniziato a lavorare come commesso stagionale in autogrill per raggranellare qualche soldo mentre si trascinava tra un esame e l'altro all'università quando come in un film, una sera, l'ultima sera della sua stagione, all'ultimo minuto dell'ultima sera, l'ultimo cliente si presentò in cassa per pagare un caffè. Pagò con due euro e Fabio doveva dargli un euro e venti di resto. La leggenda vuole che per farsi una risata, prima di deporre grembiulino e cappello scemo, iniziò a scherzare con il cliente sul taglio delle monete che doveva rendergli come resto e, sempre leggenda vuole, che il cliente fosse il direttore di una delle più importanti banche del nostro paese. Rimase colpito dalla velocità d'eloquio dell'ormai prossimo ex cassiere dell'autogrill e gli consigliò di trovarsi un lavoro che lo valorizzasse maggiormente, e così gli lasciò il suo biglietto da visita. Fabio tornò a casa con un sorrisetto ebete stampato sulla faccia. Forse per la prima volta qualcuno si era accorto di lui senza averlo dovuto prima investire con la macchina. La mattina dopo, non senza averci pensato prima un po' su, aveva chiamato il numero scritto sul cartoncino color perla in formato 8x5. Il colletto bianco dall'altro capo gli parlò delle opportunità della New Economy, del ricercare l'abbondanza e non la scarsità nel mercato globale, di massimizzazione dei profitti e di flusso di capitale. Tutti argomenti che avevano un fascino esotico per le orecchie di Fabio, decisamente più abituate a sentir parlare di Camogli e Coca grande che di indice Nikkei e controvalori in fondi. Dal momento in cui riagganciò la cornetta, e questa non è leggenda ma sacrosanta verità, nessuno lo vide più ciondolare per le strade strette del centro né in nessun altro posto. Si chiuse in casa per un anno intero. «Sto studiando i mutui» diceva ai pochi fortunati che riuscivano a parlargli al telefono. Giorno dopo giorno, per la gente aveva iniziato a non essere più invisibile. Ora lo consideravano proprio un coglione. Avevamo tutti vent'anni e ci eravamo appena affacciati al decennio in cui un uomo può fare più sesso che in tutto il resto della sua vita e lui stava in casa a studiare i mutui. Qualunque cosa volesse dire. Poi, di punto in bianco, si fece rivedere in giro e i ragazzi della compagnia credettero di avere le allucinazioni. Era uscito di casa per la prima volta dopo un anno. Nel giro di altri 365 giorni era già diventato uno dei primi quattro mutuisti in tutta Italia con uno stipendio superiore a quello di mio padre, e aveva solo ventidue anni. La vita cambia. Chi è il coglione adesso, eh?

Suppongo che questa sia una di quelle storie dalle quali valga la pena tirare fuori un insegnamento, ma io ho sempre preferito berci su.

Comunque, tornando alla sua domanda, mentre ero lì in piedi a fissarlo e continuavo a provare un inspiegabile filo di fastidio che mi faceva pulsare le tempie, mi stavo gradualmente rendendo conto che aveva ragione. La mia non era paura. Era invidia. Quel sentimento maledetto che striscia talmente sottopelle che non te ne accorgi nemmeno, finché non ha ormai raggiunto il cuore. Una viscida infezione che si manifesta quando ormai non puoi più curarla. È come l'avaria che sta facendo affondare la tua nave e di cui ti accorgi troppo tardi, quando i topi hanno già rosicchiato tutti i fili del motore. Fabio parlava sul serio. Non era una di quelle uscite del tipo "vado in Messico ad aprire un chiringuito sulla spiaggia". Non era impazzito urlando ai quattro venti di voler partire per andare a fare il cameriere di Burger King a Londra solo perché gli piacevano tanto i Clash. Lui aveva un piano in mente e, conoscendolo, ero piuttosto sicuro che ce l'avrebbe fatta. Il suo piano prevedeva una scelta difficile, la scelta che la maggior parte di noi non riesce a compiere: andare avanti.

In piedi, davanti a lui per un tempo che sembrava adesso interminabile, mi stavo chiedendo se avessi la metà del suo coraggio. Mi sembrava sinceramente di no e per questo lo odiavo. Lui non aveva paura di perdere, ma voglia di ottenere. Chissà se almeno ne era consapevole? Era il primo giorno della sua nuova vita. Avrebbe dovuto segnarlo sul calendario e festeggiarlo ogni anno come il suo nuovo compleanno. Quello della presa di coscienza. Avrei voluto levare i calici e brindare con lui. E poi sfasciargli il bicchiere in pieno muso dall'invidia! Avrei dovuto farlo alzare e mettermi a ballare con lui. Aveva capito che la vita è fatta di eccessi e mancanze e che difficilmente riusciremo mai a tenerci stretto per sempre quello che ci fa sentire sicuri oggi. Aveva capito che aggrapparsi con tutte le proprie forze a un palo piantato nel terreno non è sufficiente a non cadere, e che solo restando in continuo movimento si è in grado di assorbire meglio i colpi. Una parte di me avrebbe voluto congratularsi con lui, mentre l'altra parte di me, quella più stronza e incredibilmente quella che preferivo ascoltare, cercava di spaventarlo sollevando dubbi sulla sua scelta. Avrei dovuto incoraggiarlo invece di fargli delle domande del cazzo sul lavoro. Ma le persone sono spesso così. Pronte ad abbatterti con un bazooka se ti vedono volare troppo in alto, mentre loro se ne stanno con i piedi seppelliti due metri sottoterra. Quando hai il coraggio di fare qualcosa che gli altri non sono nemmeno in grado di sognare, tutti provano a scoraggiarti.

La testa mi sta esplodendo per il dolore, la rabbia e il vino. Lo guardo fisso negli occhi e gli ripeto: «Sì certo, ma con il lavoro? Come pensi di fare eh...».

Devo solo aspettare che passi l'inverno

«Sei triste?» stavamo guardando la tv, quando Viola si è girata per chiedermelo.

«Sono sempre triste...» ho risposto quasi di riflesso. «Alla fine, sono una persona triste...» ho farfugliato come se me ne fossi reso conto in quel momento, senza distogliere lo sguardo dallo schermo.

«Sì?»

«Sì, triste e malinconico...» ho aggiunto in tono scherzoso, per dare una pennellata di farsa alla nostra discussione, sicuro che ne avrebbe colto l'ironia.

«Sei un fottuto depresso!»

«Esatto! Sono un fottuto depresso travestito da clown!»

«Nhaa... clown è troppo banale, non ti si addice. Diciamo da capo villaggio turistico!»

«Ok, sono un depresso travestito da capo villaggio turistico.»

«Un fottuto depresso!» ci ha tenuto a precisare.

«Giusto, scusa. Un fottuto depresso.»

Era una chiacchiera come un'altra. Solo un altro discorso surreale nel mare magnum di cazzate che ci raccontavamo guardando la tv dopo un paio di bicchieri di vino. Bianco. Adoravo quel Verduzzo. Quando era fresco al punto giusto sembrava una bibita per ragazzini. "Va giù che è un piacere!" sentivo sempre dire a mio nonno ogni volta che se ne scolava tre o quattro bicchieri a tavola, lasciandomi in trepidante attesa di qualche folle gesto da raccontare agli amici il giorno dopo. "Oh, ieri mio nonno si è ubriacato a tavola, è salito in piedi sulla sedia, si è calato le braghe e si è messo a pisciare sull'insalata russa cantando una canzone degli alpini! 'Sul cappello, sul cappello che noi portiaamoooo, c'è una lunga c'è una lunga penna neeeraaaaa!'"

Mi sarebbe piaciuto poter raccontare della faccia inorridita di mia nonna e di quella, imbarazzata ma non troppo, di mia madre versione hippie. "Cosa ci vuoi fare... è fatto così..." avrebbe detto mentre mio padre seguiva il telegiornale senza nemmeno accorgersi che la pipì di mio nonno gli stava schizzando la cravatta. E invece mai nulla di tutto ciò. Il nonnino si ubriacava e collassava sul divano, russando così forte che quasi non si riusciva a sentire cosa dicesse la tv. Questa era la vera seccatura. Non eravamo una famiglia poi così originale.

Mi tornano in mente gli anni a scuola e due personaggi che confondevo sempre per via dei loro nomi, così simili tra loro: Mendel e Mendeleev. Due uomini venuti dall'Est, due pilastri imprescindibili di quell'ora di scienze che non passava mai. Be', per farla breve, il primo scoprì i legami che condannano ogni uomo a portarsi sulla schiena il bagaglio genetico del padre, e del padre di suo padre e del padre del padre di suo padre, mentre il secondo, oltre a qualche "trascurabile" trovata sui pesi atomici degli elementi, inventò la vodka. Praticamente uno scoprì che io e mio nonno avevamo qualcosa in comune, l'altro scoprì che cosa fosse

Sta di fatto che me ne stavo sul divano a ripetere esattamente le stesse parole di mio nonno:

«Va giù che è un piacere eh?»

«Già...» ha risposto Viola sorseggiandone un altro po', lasciandosi andare a un'espressione compiaciuta come un fortunato mortale a cui fosse fatto dono di poter assaggiare il nettare degli dèi.

Stavamo guardando alla tv un documentario su Mari

liyn Monroe. Il montaggio serrato di immagini in bianco e nero in cui Marilyn sorrideva e si metteva in posa per i fotografi bombardava le mie pupille costringendole a chiudersi e dilatarsi a seconda dell'intensità della luce. O forse del suo sorriso, che poi era la stessa cosa. Ho sempre pensato di preferire le more alle bionde ma, in quel momento, ascoltarla cantare *Happy birthday mister president* con voce suadente aveva qualcosa di ipnotico, capace di scombussolare qualunque mia convinzione sulla vita, figuriamoci sulle mie preferenze in fatto di tintura per i capelli. Senza che nemmeno me ne rendessi conto una timida e poco romantica erezione incontrollata stava iniziando a gonfiarsi sotto i pantaloni della tuta, creando un imbarazzante effetto "canadese". Sbirciai appena verso Viola per controllare di non essere osservato e quando notai con la coda dell'occhio che anche lei era completamente rapita dal fascino unisex di Marilyn, feci scivolare con nonchalance una mano dentro i pantaloni per incastrare, con un colpo deciso, il pisello sotto l'elastico delle mutande.

Sono sempre stato molto fiero di quel gesto che avevo imparato a perfezionare fin da giovane, quando la domenica mattina mia madre mi svegliava che era già pronto in tavola e io mi trovavo a gironzolare per la cucina con il mio bel bastoncino dritto dritto che puntava verso il cielo spingendo sotto il pigiama.

«Hai fatto bei sogni?» mi chiese una volta mia sorella Martina, lanciando un'occhiata allusiva verso il mio pacco che fece scoppiare a ridere simultaneamente anche mia madre e mio padre. Da quel giorno, prima di entrare in cucina, gli mettevo il guinzaglio, sistemandolo bello stretto sotto la scritta CALVIN KLEIN delle mie mutande firmate e così risolsi il problema, anche se a ben pensarci quella fu l'ultima volta che sentii mia madre e mio padre ridere insieme.

«Certo che è proprio una follia, non trovi?»

La domanda di Viola mi riportò immediatamente alla realtà, trovandomi però impreparato. Mi ero abbandonato ai miei pensieri per un secondo, ma tanto era bastato a perdere il filo del documentario. Dovetti concentrarmi di nuovo sulla tv, prendendo una pausa che poteva sembrare contemplativa, mentre in realtà stavo solo cercando di capire cosa reputasse una follia. Forse il fatto che Kennedy dovesse rinnegare la sua storia con Marilyn. Che spreco eh? Uno ha la possibilità di mungere ogni sera Marilyn Monroe come la mucca della Milka ed è costretto a sputarci sopra così. Ma d'altronde è noto che chi ha il pane non abbia i denti, e nel caso in cui li dovesse avere c'è sempre qualcuno pronto a romperglieli.

«Eh, già...» dissi per cercare di tamponare l'attesa di una risposta più sensata.

«Una follia... non trovo altre parole!» sbottò lei, facendomi trasalire ancora una volta.

«Intendi, soffrire così per amore?»

«Tutta questa storia. Essere innamorata di qualcuno al punto da toglierti la vita per il dolore... Mi ha fatto venire in mente il documentario che abbiamo visto giovedì scorso sui cannibali...» Va detto che quell'inverno era il nostro periodo dei documentari. «Il principio è lo stesso, non trovi?»

Facevo un po' fatica a seguirla e quindi mi limitai a fissarla incuriosito.

«Viviamo l'amore come cannibali. Lo portiamo all'esasperazione e invece di provare a renderci felici finiamo col divorarci l'un l'altro. È solo una questione di chi comincia prima...»

Prese una pausa che non sapevo come riempire, finché decise di proseguire.

«Pensi che ti stia mangiando?» la domanda era bizzarra.

«Tu? No, non mi sembra...» risposi, trattenendo a stento il bisogno di tocchicciarmi un braccio per controllare.

«Se pensi che ti stia mangiando dimmelo. Non voglio mangiarti. Hai capito cosa intendo?»

Ai tempi non lo capivo. Sinceramente vorrei poter dire di non capirlo nemmeno ora, ma nessuno mi crederebbe vedendomi oggi.

«Penso che amare qualcuno alla morte sia una follia..

cioè, intendo, il confine tra amore e ossessione è veramente sottile a volte. Mettiamo ipoteticamente che io ti lasciassi, tu ti suicideresti?» mi chiese guardandomi negli occhi e cercando di rimanere seria.

«Vorresti che lo facessi?»

«Diciamo che ne sarei onorata...» e scoppiò a ridere. Se solo avesse potuto immaginare...

Be'... eccomi qua, un paio d'anni più tardi. Non si può certo dire che la vita manchi di senso dell'umorismo, vero? C'è un vecchio detto che fa: "Se il destino non ti fa ridere, vuol dire che non hai capito la barzelletta!". Cosa dovrei fare io? Meglio che la prenda sul ridere, anche se non è certo facile con due costole fratturate. Ho scoperto che con due costole fratturate è difficile fare qualunque cosa. Chi l'avrebbe mai detto. Non riesco a ridere, a piangere, a parlare, ad alzarmi, a coricarmi, a stare seduto, a guardare a destra, a guardare a sinistra, a tenere in mano un giornale, a fare la pipì e non voglio nemmeno pensare a quando dovrò fare la cacca. È due giorni che sento gente ripetere che mi è andata bene, che sono stato proprio fortunato, che avrei potuto non essere qua per raccontare quello che mi è successo. Fortunato un cazzo. Non sono morto, ok. Ma ho preso il raffreddore. Con due costole rotte, starnutire è la più grande punizione che Dio possa infliggere a un uomo. Se qualcuno mi promettesse di farmi smettere di starnutire, chiedendo in cambio che mi tagliassi il pene, mi estirperei il salsicciotto in tempo zero e glielo servirei su un piatto di rucola con qualche scaglietta di grana sopra per essere sicuro che resti soddisfatto.

Ho un po' di confusione in testa, ma da quello che mi hanno raccontato, tre notti fa ho tentato il suicidio. Sinceramente la storia mi suona un po' strana, perché io ad abbandonare questa valle di lacrime non ci ho proprio mai pensato.

Mi hanno fatto tutta una serie di esami, i cui risultati sono esposti sulla cartella clinica agganciata ai piedi del mio letto. Non ho idea di cosa ci sia scritto, ma credo nulla di buono, visto che ogni dottore, primario, chirurgo, infermiera, anestesista, uomo delle pulizie, o più in generale chiunque indossi un camice in questo ospedale, passa e si sofferma a dargli un'occhiata. Tutti poi scuotono la testa. Sinceramente non me ne frega un cazzo. Credo di essere l'attrazione principale della giornata, visto che nessun altro nella mia stanza riceve tante visite quanto me. La cosa mi fa sentire da un lato come un panda imperiale in uno zoo di Pechino, ma devo ammettere che mi lusinga pure un po'. Certo, i miei vicini di letto non è che abbiano molte chance di rubarmi la scena. Il più giovane avrà più o meno duecento anni e credo che per lui non ci sia più molto da fare. Quando sono arrivato all'ospedale non c'era posto in ortopedia e quindi mi hanno parcheggiato "temporaneamente" in oncologia. Malati terminali, ecco con chi avevo il piacere di trascorrere le mie felici ore di degenza. Sono tutti disumanamente magri e hanno le braccia violacee, simili a puntaspilli di carne raggrinzita per via di tutte le iniezioni che hanno dovuto subire. Sicuramente un paio di anni fa ognuno di loro aveva la propria faccia, un'espressione che li rendeva unici e diversi dal resto del mondo. Oggi, stesi nei loro lettini, mi sembrano tutti uguali, come i bambini appena nati. Li osservo avvolti dalle lenzuola bianche percependo la mia diversità e mi sento prigioniero di una setta. Ci sono più probabilità di trovare un capello nella minestra che ci servono due volte al giorno che sulle teste bombardate dalla chemio dei miei roomies. Gente simpatica, anche se la notte è un vero strazio. Sembra di stare al canile municipale. Le flebo vanno cambiate in continuazione e non appena il livello degli antidolorifici, della morfina o di qualunque cosa gli iniettino goccia dopo goccia dentro quelle vene pigre per farli stare buoni inizia a scendere e a essere insufficiente... be', sono ululati da stare male. Rantolano fissando il soffitto, immobili, perché non hanno nemmeno più la forza di dimenarsi. Sembra stiano pregando, invocando Dio e chiedendogli di portarseli via una volta per tutte. Forse quei latrati sono un mantra che ognuno di noi ha sempre conosciuto, ma che impara a recitare solo quando capisce che non c'è molto altro da fare. Penso che con tutte le medicine che ci sono in circolazione nessuno dovrebbe soffrire così. Nel mio piccolo, non sono messo molto meglio. Ogni tanto starnutisco ed è come se una bomba mi scoppiasse dentro la cassa toracica squassandomi gli organi. I polmoni mi si chiudono all'improvviso e per alcuni secondi non riesco nemmeno a respirare. La testa mi gira, gli occhi mi si riempiono di lacrime e appena riesco a recuperare un po' di fiato lo lascio subito uscire in un lamento simile al piagnucolio di un bambino. Poi guardo lo squadrone "piede nella fossa" e mi sento in colpa. Ma non posso fare a meno di urlare. Fa troppo male.

Ieri è passata la dottoressa Giovanna e mi ha spiegato che se quando sento lo stimolo di starnutire mi lecco il palato con la punta della lingua dovrei riuscire a evitare di starnutire.

Le parole "stimolo", "lecco", "punta della lingua" e il profumo che mi ha riempito il cervello quando si è chinata su di me per sistemarmi il cuscino sono bastati a farmi venire il cazzo duro. Sembro uno che vuole farla finita? Direi proprio di no. E quindi non capisco perché dicono tutti che sia andata così. Ieri sera, a quanto dicono, sono uscito in maglietta nonostante la temperatura fosse sotto zero e ho iniziato a camminare fino ad arrivare al cavalcavia Bussa, quello che sovrasta la stazione dei treni di Garibaldi. Sempre stando a quanto dicono, sono salito in piedi sul muretto che dà a strapiombo sui binari, mi sono arrampicato sulla griglia di metallo che dovrebbe impedire agli ubriaconi depressi di buttarsi di sotto e... indovina un po'?, mi sono buttato di sotto. Mah. Il controllore che mi ha ritrovato dice di essere stato attirato da alcuni schiamazzi che aveva inizialmente snobbato, pensando fossero i soliti quattro marocchini del cazzo che ogni notte si scannano per una busta di fumo. Ai carabinieri che lo hanno interrogato per stendere un verbale dell'accaduto ha dichiarato di aver sentito qualcuno urlare prima dello schianto, mentre lui stava nella sua guardiola cercando di completare un sudoku. Ha spiegato ai gendarmi di aver sentito un colpo metallico, quasi ovattato, provenire da fuori. Ha cercato fra i binari senza notare niente di anomalo. Solo venti minuti più tardi, una coppia che stava tornando a casa a piedi l'ha chiamato. I due ragazzi che stavano passeggiando per il cavalcavia si erano affacciati a guardare di sotto, e avevano notato la sagoma di un uomo steso immobile sul tetto innevato di un vagone del treno fermo in deposito un metro e mezzo più sotto.

Ero talmente ubriaco che l'avevo centrato in pieno ed ero rimasto privo di sensi a faccia in giù nella neve per una mezz'ora abbondante. Completamente anestetizzato. Bel lavoro. Due costole rotte. La nona e l'ottava. Le mie preferite, tra l'altro.

Mi hanno portato in ospedale con l'ambulanza e di tutta quella serata ricordo soltanto pochi flash. Io che mi reggo a una delle pareti dell'ascensore del mio condominio mentre, illuminato dalla fastidiosa luce al neon che mi costringeva a strabuzzare gli occhi, mi guardo allo specchio e faccio le facce. Una macchina nera e grossa che mi suona il clacson mentre sto attraversando giù in strada e io che gli faccio il dito medio urlandogli contro mentre si allontana. I lampioni del cavalcavia che sembrano tanti pianeti luminosi nel cielo scuro ma stranamente limpido di Milano. Il mio cappellino di lana che mettevo sempre da bambino quando uscivo in giardino a raccogliere la neve fresca in una tazza con mia sorella mentre lei mi sorvegliava dalla finestra aspettando che rientrassi, per mangiarcela con un po' di limone e zucchero. La faccia arrossata del paramedico che mi ha messo sulla barella e che cercava di calarmi dal tetto del vagone mentre dalla bocca gli uscivano a braccetto sbuffi di calore e bestemmie. Sempre il paramedico che, dentro l'ambulanza, mi guarda e mi chiede che cazzo c'avessi, io, da ridere. L'immagine di mia madre che appena apro gli occhi cerca piangendo di rianimarmi a schiaffoni e l'infermiera di turno che cerca di calmarla ridendo sotto i baffi. Poi niente.

Ora sono qua in ospedale da un giorno. Ma forse sbaglio il metro di misura. Sono qua da due minestre e due piatti di prosciutto cotto con purè. Mi sento perfettamente ripreso, costole a parte, e passo il tempo a leggere e posso scrivere qualche pensiero che Viola non leggerà mai.

Domani dovrebbero dimettermi, e oggi pomeriggio è passato a trovarmi Dery.

«Tieni, ti ho portato qualcosa da leggere...» mi dice buttandomi sul tavolino di fianco al letto una di quelle riviste patinate con i consigli per diventare un fico.

«Ma che roba è? Lo sai che non leggo questo genere di riviste... avrei preferito la gazza.»

«"GQ", la bibbia del fico. Credimi, ti farebbe bene. In più c'è un servizio che definiscono bollente su Eva Mendez, nel caso volessi... Ci siamo capiti no?»

Sarebbe stato difficile non capire, visto che si stava esibendo nell'imitazione di Marcel Marceau che si fa una sega. Il vecchietto nel letto di fianco al mio, un ex professore di filosofia con il cancro ai polmoni, lo guardava incuriosito. Forse dopo anni passati a ragionare sui grandi quesiti dell'umanità gli avrebbe fatto piacere una lettura disimpegnata.

«Tenga signor Bruno, se vuole darci un'occhiata lei...»

«Non capisco perché snobbi così il Santo Graal della figaggine. Vedi questo BlackBerry?» mi dice estraendolo dalla tasca dei pantaloni manco fosse Gary Cooper in *Mezzogiorno di fuoco*.

«Non avrei mai saputo dell'esistenza di questo prodigio dell'elettronica se non avessi comprato il numero di "GQ" del mese scorso. Era consigliato nella sezione *Tech & Style*. Ora la mia vita sociale si è ampliata e viaggia sempre con me!»

Se uno dei moribondi con i quali stavo dividendo la stanza fosse stato un produttore pubblicitario lo avrebbe sicuramente scritturato come attore per la prossima campagna.

«Lo vedi? Questi giornali si rivolgono solo ai colletti bianchi, dimenticandosi che il novanta per cento della gente normale, in Italia, lavora in fabbrica. Mai un numero in cui si parli ai lavoratori con la L maiuscola. Chessò... "SOS muratore, dieci modi per stappare una Moretti da 66 senza l'apribottiglie." No, parlano sempre e solo di telefonini ed esercizi per mantenere l'addome piatto.»

«Mamma mia che vigore... sembra che ti interessino veramente gli operai. Dovresti fare il sindacalista, altroché... Oppure scrivere rubriche alternative: "Amico Metalmeccanico", "Cinque pratici consigli su come levarsi il grasso del motore da sotto le unghie"...»

«Sì sì... prendi per il culo... che poi tu fino a qualche mese fa non eri l'uomo di Neandertal, duro e puro, che non voleva saperne di telefonini?»

Secondo Dery, il fatto che la fetta principale del mercato dei telefoni cellulari arrivi dal Giappone non è casuale. Sostiene che i telefonini siano la vendetta giapponese nei confronti del popolo occidentale. La sua teoria, come tutte le sue teorie in verità, è al contempo surreale ma inquietantemente geniale. I telefoni cellulari, che secondo alcuni possono causare il cancro al cervello per le onde elettromagnetiche che producono, sono, secondo Dery, la sadica risposta dei musi gialli alla bomba atomica su Hiroshima. «Gli americani li hanno sterminati con l'atomica e loro ci uccidono poco alla volta con i cellulari, sadici bastardi!»

Come definirla? Fantasiosa?

«Sì, ma ho capito che non posso sottrarmi al mio destino. La gente che mi sta intorno mi ucciderebbe comunque, tanto vale essere fico finché sono vivo... tu piuttosto, come stai?»

Oggi è il 25 dicembre, il giorno di Natale, e io sono in ospedale con due costole fratturate e il peso di un tentato suicidio sullo stomaco. La domanda retorica è la piaga del 2000.

«Credo bene, anche se è successa una cosa strana. Quando mi sono svegliato in questo letto, già in ospedale, tutto rotto, mi sono accorto che non avevo più le mutande...»

«E allora?»

«Non lo so, ma è strano... mi sono sentito violentato e anche un po' in imbarazzo... Sai quando la mamma ti diceva sempre di uscire con le calze e le mutande pulite perché magari poteva succederti qualcosa e non voleva fare brutta figura all'ospedale? Ecco, mica mi ricordo se avevo le mutande pulite... vorrei sapere che fine hanno fatto, perlomeno...»

«Cosa pensi, che le abbiano esposte in bacheca all'entrata col tuo nome di fianco?»

«Che ne so... tutto può essere...»

«Sì, vabbe'... comunque intendevo *come stai*, seriamente.»

«Be', fisicamente piuttosto bene a parte le costole rotte. Ho scoperto che avere la flebo è una bomba. Queste goccioline mi stanno nutrendo e dissetando. Dovrebbero darle agli impiegati in pausa pranzo. Per il resto, insomma. Cioè... dicono che ho tentato il suicidio. Io non credevo di voler morire. È una sensazione piuttosto strana.»

«Meno male che sei talmente coglione che non sei riuscito a fare manco questo!» mi ha detto aggiungendo una risatina che in tempo zero si è trasformata, come del resto la sua espressione, da divertita a imbarazzata. So che non voleva dirlo. Ma lo ha detto. So che non lo pensa. Ma lo ha pensato. Il problema è che non sono sicuro che abbia poi tanto torto. Ci siamo sempre parlati così, noi due. A suon di battute, anche nei momenti in cui un po' di comprensione sarebbe stata una soluzione decisamente migliore. Lo facevamo per sdrammatizzare e forse perché non eravamo capaci di fare altrimenti. Le intenzioni erano sempre ottime. I risultati, spesso, molto meno. Dentro al silenzio che è seguito c'era tutto un discorso taciuto, fatto di "scusa non volevo, lo so ma ti pare", interrotto nuovamente da lui. Era seduto sulla sedia di plastica di fianco al mio letto. Era raccolto in una postura insolita per lui, con i gomiti appoggiati sulle gambe e le mani unite quasi in preghiera sotto il mento, che rendevano ancora più solenni le parole che si stava preparando a pronunciare. Sembrava un prete nel confessionale.

«Non ci devi pensare troppo sai? Ora, non so esattamente perché vi siete lasciati, ma non è la fine del mondo. E credimi, non lo dico per banalizzare i tuoi sentimenti. Forse hai perso la tua donna, ma non devi pensare che non potrai più andare avanti. L'amore è importante, ma è solo l'ombra della felicità.»

«Cioè?» chiedo dubbioso.

«Eh... L'amore è l'ombra della felicità...» mi ha ripetuto, questa volta però perdendo la sicurezza iniziale. Sarà che la flebo mi stava rincoglionendo ma non riuscivo a capire cosa volesse dire.

«Come a dire che quando c'è l'amore c'è anche la felicità, ma la felicità non ha bisogno del sole, no?» tenta di convincermi.

«No... non ho capito» proprio non riuscivo a seguirlo.

«Ma sì, dài... La felicità può esistere anche senza l'amore, per un po'. La felicità ci può baciare in fronte a prescindere da tutto. La felicità è autosufficiente, capito?»

Lo guardo fisso per un secondo, prima di aggrottare la fronte e scuotere il capo, quasi scusandomi.

«Mhhh... che palle! Be', io devo andare, pensaci su!»

Ci sto pensando da quando se ne è andato, ci sto pensando da un paio d'ore e ancora non ne sono convinto. So solo che non mi sento per niente felice, non ci posso fare niente. Anzi, a pensarci bene credo di aver sempre avuto qualche problema con la felicità. Dev'essere un problema che mi porto dietro da quando ero bambino.

Ad alcuni mancano i globuli bianchi, ad altri le piastrine, io invece ho carenza di smiley nel sangue. Se l'incredibile Hulk mi afferrasse con la sua manona verde e mi stritolasse fino a spremermi all'ultima goccia, di faccine gialle sorridenti ne troverebbe ben poche. In più, sono cresciuto con mia madre che, totalmente rapita dalle sue teorie di autoaiuto, ha sempre sostenuto che la felicità sia dentro di noi come un dono innato, e che se non la vediamo è perché non abbiamo scavato sufficientemente a fondo.

"Mamma, non la trovo!"

"Guarda bene, mi ricordo di avercela messa io..."

"Ti giuro, mamma. Non c'è!"

"Impossibile, sei tu che non hai controllato come si deve..."

"Ti dico di noooo... non ce n'è nemmeno un po'!"

"Guarda che se vengo lì e la trovo io, sono guai!"

Ho avuto tempo di controllare ben bene in profondità in questi anni, e di felicità non ne ho trovata nemmeno un po'. Intendo di *vera felicità*.

La felicità non è come i miei calzini. Se dico che non la trovo, non la trovo. Intendiamoci, non ne sto negando l'esistenza. Voglio solo dire che non tutti siamo full optional. Anzi, probabilmente nessuno di noi lo è.

«Non riesci a dormire?» mi ha chiesto il signor Bruno, l'unico nella stanza a essere ancora sveglio, oltre a me.

«Oh... mi scusi, ora spengo la luce.»

«Non c'è bisogno, nemmeno io riesco a prendere sonno. Troppi dolori. Anche tu hai lo stesso problema?»

Chi lo sa? Forse sì, forse no. Dipende da cosa sia giusto considerare un problema. Il signor Bruno voleva fare quattro chiacchiere, e nonostante io non fossi mai stato un tipo che si sbottona facilmente mi sembrava interessante condividere qualche mio patema con lui. Tanto non credo che riuscirà a uscire di qua per raccontarlo a qualcuno.

«Dicono che ho tentato il suicidio...»

«Lo so, lo so... ero sveglio quando ti hanno portato qua. Sai, i medici dovrebbero mantenere il segreto professionale, ma sono dei gran chiacchieroni quando pensano che nessuno li senta... e non ti dico cosa fanno quando credono che nessuno li veda... tutte quelle fantasie sulle infermiere sono proprio vere...»

«Già...» mi fa sorridere per la prima volta da un paio di giorni.

«E pensi che lo rifarai?» Alla faccia della schiettezza, penso.

«Ma no... Non penso proprio di averlo voluto fare neanche la prima volta. Comunque, non è questo il punto. Il problema è che... non so come spiegarlo...»

«Scommetto che il problema è che adesso ti senti infelice per non essere felice...»

Cazzo, sì. Era esattamente questa la strana sensazione che mi trascinavo dentro e che in mancanza di una definizione più precisa mi ero limitato a catalogare come "gana sce allo stomaco". Solo che averne preso coscienza, invece di tranquillizzarmi, mi ha fatto sentire come se avessi i piedi incastrati tra i binari di una ferrovia e vedessi in lontananza i fari del treno che da lì a poco mi avrebbe travolto.

«Sì, cazzo... scusi... sì! È così. Sembra che al giorno d'oggi essere felici sia un obbligo. Sinceramente, credo sia il contrario, la felicità a volte mi sembra un lusso... e invece tutti mi dicono che è dentro di me, che devo scavare, che la devo cercare a fondo...»

Il signor Bruno fa un profondo sospiro e poi mi guarda accennando un sorriso buono, come quello di un nonno che sta per fare una sorpresa al nipote. Si gira a fatica sul fianco sinistro soffocando un lamento di dolore. Prende una penna che aveva appoggiato sul tavolino vicino agli avanzi della cena e con lo stesso sforzo si rigira nuovamente sul fianco destro verso di me. Toglie il cappuccio alla penna e stirandosi il più possibile si allunga fino a raggiungere lo spazio di muro tra i nostri due letti. Con una mano insospettabilmente ferma disegna un cerchio rosso sull'intonaco bianco della parete.

«Quando insegnavo filosofia contemporanea a Padova, la ricerca della felicità era uno dei miei argomenti preferiti, e questo era uno degli esempi che usavo più spesso... Cosa vedi qui? Cosa ho disegnato?» dice picchiettando la penna sul muro.

«Un cerchio?» ho risposto quasi domandando.

«Lo sapevo. Rispondono tutti così. Un cerchio, o un pallino, o un disco... Quasi nessuno dice che ho disegnato un buco nel muro, perché la maggior parte delle persone pensa prima all'interno, anziché pensare all'esterno. La gente si concentra più sul piccolo cerchio piuttosto che sulla grandezza del muro intorno. Ma la verità è che non puoi capire ciò che hai dentro se non consideri prima quello che c'è fuori. È una teoria di Alan Watts, lo conosci?»

«Il terzino del Manchester?» rispondo buttandola in caciara.

«Esatto, proprio lui» sorride il signor Bruno perfettamente a suo agio con la mia dimostrazione di ignoranza. «Tornando seri, la felicità va cercata nel mondo. La felicità non si autoalimenta, ma ha bisogno di muoversi, vedere, conoscere, toccare, provare, assaporare, bere, lavarsi, scaldarsi, e lo può fare solo attraverso di te. Siamo esseri molto più semplici di quello che ci ostiniamo a credere. Tutto ciò che possiamo fare è vivere la vita e smetterla di provare a piegarla alle nostre esigenze. Ci ostiniamo a considerarci al centro di tutto, ma la verità è che le nostre esigenze contano meno di zero. La parte bella e allo stesso tempo un po' deprimente di tutta questa vita è che ogni cosa è mutevole e sempre pronta a cambiare. Immagina la felicità come fosse un bel mese d'agosto. Non importa quanto freddo faccia oggi, ci sarà sempre una nuova estate, che tu lo voglia o no. Quindi devi solo aspettare che passi l'inverno.»

Tra me e me penso che, anche fuor di metafora, questo dicembre sembra il più lungo della mia vita.

Il Babbo Natale degli adulti

Per tutto il periodo della degenza forzata in ospedale, mia mamma era venuta a trovarmi solo una volta, solo il primo giorno, appena l'avevano chiamata i carabinieri. Poi non si era più fatta vedere, ma non le portavo il minimo rancore. Il suo non era solo un leggero fastidio nei confronti degli ospedali, cosa che accomuna molte persone, me per primo. Il suo era vero e proprio terrore, un'insana fobia, come quella di chi ha paura dei ragni, dei serpenti, del vuoto o di invecchiare come Laura Antonelli, e in quanto tale, non valeva la pena provare a ragionarci troppo sopra. Oltretutto devo ammettere che anche io passo a trovarla a casa sempre meno, mano a mano che gli anni passano, e anche se non posso dire che la cosa mi riempia di orgoglio, proprio non riesco a fare altrimenti. Cioè, intendiamoci, sono contento di vederla, ma sarei ancora più contento se ci fosse un modo per farlo in cui non sia necessario trovarmi fisicamente davanti a lei. Comunque, anche durante la degenza, non mi ha fatto mancare la sua vicinanza, telefonandomi dalle sei alle otto volte al giorno.

L'ultima proprio stamattina, mentre sto ritirando i miei effetti personali dall'armadietto per infilarli nello zaino e dando l'ultimo saluto ai miei compagni di stanza, e in particolare al signor Bruno. Mi ha fatto una grande compagnia e in quel momento, all'idea di uscire, mi sembrava quasi di tradirlo. L'ho salutato con una stretta di mano, ma non ho resistito alla tentazione di abbracciarlo. Proprio mentre mi sto alzando dal suo letto mi squilla il telefono.

«Oh, ciao ma'... come va?» dico mimando un ultimo inchino in segno di saluto verso i miei ex roomies e scomparendo dietro la porta bianca della stanza 27.

«Come stai tu, piuttosto?» mi domanda dimostrando di essersi dimenticata che è il giorno delle dimissioni.

«Bene direi, sto uscendo...»

«Vieni a mangiare da me?» mi chiede con un tono di voce quasi supplicante.

Non so se ne ho voglia. La settimana all'ospedale è stata lunga ma mi sembra di avere ancora bisogno di un po' di solitudine. Cosa ci avrei fatto poi, con quella solitudine, era tutto da scoprire.

«Non so, volevo passare da casa... vedere com'è messa... magari capire un po' cos'è successo l'altra sera...»

«E al lavoro ci vai?» prova a informarsi cercando di non lasciar trasparire troppo la sua apprensione, altamente materna.

«No... in questo periodo non ci sono molte novità in ufficio... anzi ho ancora qualcosa di arretrato a casa...»

«Be' allora cerca di vedere il bicchiere mezzo pieno, avrai un sacco di tempo libero...»

«Già... ma non sono sicuro di volerlo, il tempo libero...» butto lì per strapparle una risata e tranquillizzarla, «tanto non so gestirlo... non lo farei fruttare. Anzi, rischio di fare addirittura delle cazzate... chi ha troppo tempo libero finisce che diventa vegetariano» le dico lanciandole una frecciatina.

Oltretutto sapevo bene di cosa stavo parlando. Qualche anno fa Viola aveva iniziato, come spesso accadeva durante una litigata, a sferrare calci contro il muro, o forse contro un comodino, non ricordo bene, comunque contro uno qualunque degli oggetti che picchiava selvaggiamente ogni volta che le partiva l'embolo. L'ho sempre trovata una dimostrazione d'irascibilità molto femminile e parecchio stupida e non mancavo mai di farglielo notare, ma mi resi conto solo in quel momento che cercare di spiegarle con tono saccente e pacato che gli oggetti inanimati non avevano nessuna colpa per le sue sfuriate era una soluzione parecchio infantile e soprattutto in grado di aumentare in maniera esponenziale la sua ira funesta.

Nella maggior parte dei casi si limitava a farmi presente che dovevo ringraziare il cielo che fosse una ragazza per bene e che i calci che dava al muro erano tutti calci che risparmiava a me, ma quel giorno volle sottolineare ben bene il concetto sferrando un ultimo teatrale colpo che finì con l'essere fatale più a lei che al muro. Si ruppe un piede e passò un mese a casa dal lavoro e quindi guadagnò un sacco di tempo libero.

Iniziò a trascorrere le sue giornate a letto con la gamba rialzata e il suo computer portatile appoggiato sulle ginocchia, navigando su internet alla ricerca di qualcosa con cui alleviare la fatica dovuta al non aver nulla da fare. Tra la miriade di possibilità disponibili – mi rendo conto potesse andare anche peggio, chessò, avrebbe potuto iscriversi a un corso di doppiatori di film brutti, unirsi a un gruppo di serial killer via mail, o addirittura capire come si usa la carta di credito online – decise di diventare vegetariana, trascinando di conseguenza anche me, con somma gioia di mia madre, nel tunnel di quelli che mangiano cose senza sapore. Iniziammo anche a frequentare vegetariani e a organizzare cene a casa con vegetariani. Io mi sentivo in imbarazzo e trovavo molto scortese invitare qualcuno per cena e piazzargli nel piatto solo un po' d'erba, ma nessuno pareva deluso, anzi, sembravano tutti piuttosto soddisfatti. Dicevano cose del tipo "non potrei mai mangiare niente che in vita avesse gli occhi" e io tra me e me pensavo che probabilmente era colpa dei cartoni animati che vedevano da bambini, con animali fortemente empatici a cui disegnavano occhi smodatamente enormi. Riuscii a tenere botta per un po' ma, personalmente, la mia esperienza col vegetarianesimo terminò alla seconda settimana consecutiva in cui non riuscii a dare una parvenza di forma solida alla mia cacca.

Non era però di abitudini alimentari che avevo voglia di parlare.

«Mamma, perché tu e il papà vi siete lasciati?» le chiedo all'improvviso come se avessi tenuto questa domanda dentro di me troppo a lungo.

«Oh Signùr... che domande! Non ne abbiamo già parlato tante volte?» abbozza lei, presa alla sprovvista.

«No» rispondo secco io.

«Cosa vuoi che ti dica... ma sì che ne abbiamo parlato... non ci amavamo più, e quando due persone non si amano più si lasciano...»

Non avevo mai avuto il coraggio di chiederglielo apertamente e non ero sicuro che ce l'avrei fatta nemmeno questa volta, ma dovevo tentare. Io e mia sorella eravamo quasi certi che il papà avesse avuto una storia con un'altra donna e che questa era stata la causa della fine del loro matrimonio. Avevo più o meno quattordici anni e a quell'età inizi ad avere una vaga percezione dei rapporti tra gli uomini e le donne. Prima non ti ponevi nessun tipo di domanda sui loro comportamenti, ma verso i quattordici anni è come mangiare la mela del peccato e rendersi conto di colpo di essere nudo e quindi la nudità, che prima avevi sempre tollerato, all'improvviso diventa qualcosa di cui vergognarsi.

Ricordo che era il periodo in cui i genitori ti imbarazzano qualunque cosa facciano. Mi imbarazzavano quando si baciavano davanti a me, e mi imbarazzavano quando litigavano. Quando un mio compagno di scuola si fermava a cena da noi ero in imbarazzo se mio padre era troppo severo, così come lo ero quando invece faceva il brillante scherzoso. Immaginare i miei genitori che facevano l'amore era quanto di più orrendo potesse capitarmi, e siccome a quel tempo l'aneddoto più in voga tra i miei coetanei era quello di aver sorpreso i loro genitori che scopavano, ogni volta che dalla mia cameretta sentivo qualche risatina notturna o qualunque altro rumore promiscuo provenire dalla camera da letto dei miei ficcavo la testa sotto il cuscino e mi mettevo a cantare sottovoce per non sentire altro. Poi, piano piano, di tutte queste cose che mi imbarazzavano, alcune accadevano sempre più spesso e altre sempre meno. Era diventato più frequente vedere i miei genitori litigare piuttosto che baciarsi, e mio padre era più spesso nervoso che felice e scherzoso. Rumori notturni dalla camera da letto non ne sentivo più da un pezzo. Poi un giorno mia sorella Martina entrò di corsa in camera mia mentre nostra madre era uscita per fare la spesa e mi raccontò di aver origliato in salotto una telefonata di mio padre che si dava appuntamento con qualcuno per quella sera al "solito posto".

«Sarà una cosa di lavoro, no?» obiettai io.

«Macché lavoro, dovevi sentire che voce aveva... sembrava scemo... stava parlando sicuramente con un'altra donna!»

«Per me no!» ne ero certo.

«E invece ti dico di sì!»

«E tu cosa ne sai?» mi stavo innervosendo.

«Abbastanza... ho cinque anni più di te!» Era vero. Lei aveva già diciannove anni. Le ragazze a diciannove anni ne sanno già abbastanza. Probabilmente aveva già fatto sesso. A pensarci adesso, mi vengono i brividi.

Comunque, sta di fatto che quel giorno aspettai fino a sera convinto che Martina si fosse inventata tutto, ma quando vidi uscire mio padre di casa dovetti ammettere che anche a me non sembrava avesse la faccia di uno che stava andando a lavorare. Fu una coltellata in pieno petto. Un paio di giorni dopo ci fu l'ennesima litigata, più grande di tutte le altre, e mia mamma disse a mio padre che se ne doveva andare. Probabilmente Martina aveva fatto la spia, ma da lì in poi smisi di farmi domande, e non mi arrabbiai neppure con lei. Ero troppo impegnato a sopravvivere alla follia dei miei genitori.

«Ed è sufficiente questo?» le chiedo riprendendo il suo discorso mentre continuo a farmi strada fuori dall'ospedale.

«Sì...» ammette lei a malincuore. «Se due persone non si amano più, sì...»

«A volte si può anche fare uno sforzo... tener duro... se si è stati innamorati...» la accuso con leggerezza, rendendomi conto immediatamente che era il figlio di quattordici anni, in quel momento, a parlare.

«Ale, come faccio a spiegartelo io se non l'hai ancora capito da solo... Prova a pensare alla tua vita come se fosse una casa. La tua casa. È sicuramente diversa da milioni di altre case in giro per il mondo, proprio come lo è la tua vita» mi risponde con la sua voce malinconica ma decisa, la voce che le esce naturalmente ogni volta che sta per dirmi qualcosa di importante. «Alcune case saranno più grandi, altre più piccole. Alcune più lussuose, mentre altre saranno decisamente più umili. Alcune saranno piene di un milione di inutili cazzate, mentre altre avranno lo stretto necessario per essere considerate vivibili. Ce ne saranno alcune calde, rassicuranti e piene di colori, mentre altre avranno i muri scalcinati e freddi. Qualcuno sarà padrone della propria casa, qualcuno invece riesce a godersela bene anche in affitto. Qualcuno quest'affitto non lo riesce ad affrontare da solo e ha bisogno di trovare una persona con cui condividerlo.»

«E tu e papà che casa avevate?» le chiedo dimostrando di non aver ancora afferrato il senso delle sue parole.

«Questo non fa alcuna differenza. Il punto è che tutti abbiamo una casa, e immagina che, indipendentemente dalla condizione della casa che ci è stata assegnata, a tutti venga fatto un regalo. Un divano. Ok?» si ferma per prendere fiato un secondo.

Ovviamente non serve una risposta ma mi sento comunque di annuire e invitarla a proseguire.

«Può essere il divano che vuoi tu, di qualunque forma o colore. Lo puoi mettere dove vuoi. In sala, in cucina, in camera da letto, nascosto nel ripostiglio. Decidi tu. Sarà il divano sul quale ti sdraierai quando sei stanco, sul quale ti addormenterai per lasciarti andare a un sogno meraviglioso, sul quale guarderai la tv, riderai, mangerai, farai l'amore. Ecco, appunto. Prova a pensare alla tua vita come se fosse una casa e immagina che il divano, il dono che ti è stato fatto, sia l'amore. Ne puoi fare quello che vuoi ma su una cosa siamo tutti d'accordo. Credo che, qualunque sia la tua casa, sul tuo divano tu ci debba stare comodo. Altrimenti, è il momento di cambiarlo.»

Restiamo tutti e due muti per un tempo indeterminato. Lei in attesa che io le risponda e io in attesa di capire meglio le sue parole. Mi sembra un discorso egoista, ma di quell'egoismo giustificabile, quell'egoismo che serve a non farsi schiacciare.

«E questa da che libro l'hai presa?» le domando ironico per stemperare la solennità del momento che mi mette lievemente a disagio.

Mia madre ride con dolcezza dall'altro capo del telefono. «Nessun libro, signorino. Questa è tutta farina del sacco di tua madre, caro mio!» mi comunica con orgoglio.

«Comunque, scherzi a parte, hai capito cosa ti voglio dire. Non c'è peggior errore che stare con una persona per farle un piacere o per paura di ferirla...» Mentre l'ascolto mi chiedo se alluda a come mio padre si è comportato con lei, o a come lei abbia deciso di mandarlo via di casa.

«In amore, ascoltare se stessi a costo di sembrare egoisti è l'unico modo per proteggere tutti quanti» mi dice a voce bassa, come se si vergognasse delle sue stesse parole. Io resto in silenzio. «Ci sei?» mi chiede.

«Sì, sì... è che in questo momento avrei avuto bisogno di una visione un po' più rosea della vita» le dico sorridendo. «Sai, robe tipo "l'amore per sempre" o cose così...»

Lei non trattiene una risata e poi una serie di mugolii per prendermi in giro.

«L'amore per sempre, l'amore per sempre... a volte penso che l'amore eterno sia il Babbo Natale degli adulti... sappiamo tutti che non esiste ma nessuno vuole sentirselo dire...»

«Ammazza, oggi sei prodiga di sentenze eh... questa ti giuro che me la tatuo...» e scoppio a ridere.

«Sì, sì... fai poco il furbetto va là... e pensa bene a quello che ti ho detto...»

«Ok...» rispondo rispettando alla perfezione il copione del dialogo tra genitori e figli.

«Ecco bravo. Oh, se poi vuoi passare a mangiare basta che me lo fai sapere anche solo cinque minuti prima, ok? Così scaldo il sugo che oggi ho prepar...»

«Ma'?» la interrompo. «Ti ricordi quando guardavamo insieme i cartoni animati dei Masters?»

«Più che altro mi ricordo quanto mi rompevi le scatole perché ti comprassi i pupazzetti... sì comunque.»

«E ti ricordi che alla fine di ogni puntata c'era il maghetto Orco che svelava la morale di quell'episodio e l'insegnamento che bisognava trarne?»

«Mi stai paragonando al maghetto Orco?» mi chiede e ride. Rido anche io.

«Più o meno... è che nei cartoni il protagonista imparava la lezione e poi, ogni volta, iniziava una puntata nuova e nessuno si portava dietro il peso degli errori precedenti. Ripartivano tutti da capo... nella vita non funziona così vero?» le domando rassegnato.

«Eh no... mi sa proprio di no...»

«Infatti...» le dico prima di salutarla. Continuo a camminare valutando l'idea di passare da lei per pranzo, ma poi mi convinco ad andare a casa. Non le ho nemmeno chiesto se era vera la storia che mio papà l'aveva tradita. Ma tanto so già la risposta.

Anno nuovo vita nuova

Senza che nemmeno me ne fossi reso conto era già l'anno nuovo, e avevo la netta sensazione di dover dare una svolta alla mia vita. Originale, eh?

Nel giro di poco più di una settimana ero sopravvissuto a un quasi-suicidio e alle celebrazioni del Capodanno. Chi meglio di me poteva farsi fregare dalla tentazione di promettersi una vita nuova, a cominciare da domani? Nessuno, appunto, e infatti c'ero cascato con tutte e due le scarpe e mi ero promesso, nell'ordine: di rimettermi sotto con il lavoro, sistemare l'appartamento, comprarmi simbolicamente qualcosa di nuovo da mettermi che fosse se possibile una camicia, smettere di bere fino a perdere coscienza e lanciarmi giù da un ponte, smettere di pensare a Viola.

Avevo deciso di partire dalle cose facili, e così, appena uscito dall'ospedale, ero passato in centro per fare un giro da Ralph Lauren. Solitamente non sono un tipo da Ralph Lauren, quindi mi era sembrata un'ottima scelta. Nonostante l'esasperato arredamento di design minimalista, il negozio era non so come piuttosto accogliente, grazie forse anche alle commesse straordinariamente eleganti e professionali. Niente a che vedere con i ragazzotti che mi vendono le scarpe da tennis da Foot Locker, che mi stanno addosso per costringermi a comprare qualunque minchiata solo perché prendono la percentuale sulle vendite. In poco più di un quarto d'ora avevo provato un paio di camicie e ne avevo comprata una long sleeve a quadretti piccolissimi bianchi e lilla con il colletto button down, custom fit. Qualunque cosa volesse dire. Le commesse avevano detto che mi stava da Dio, e mi ero fidato. È in momenti come questo che mi piace essere nato uomo. Le donne perdono decisamente troppo tempo per l'abbigliamento. Una volta sono rimasto bloccato con Viola per due ore in un negozio di vestitini grande non più di dieci metri quadrati. Praticamente si era provata tutto il campionario due volte e a un certo punto mi fa:

«Questo ti piace?»

Non ero più in grado di intendere e di volere e quindi sono rimasto in silenzio con la faccia da ebete.

«Cioè, dici che è meglio questo o quest'altro?» mi incalza.

Erano due vestitini, tutti e due a fiori. Mi sembravano sinceramente identici.

«Be'... non saprei...» rispondo sempre con lo sguardo vagamente inebetito.

«No, perché costano trenta euro l'uno, ma se li prendo tutti e due me li dà a cinquanta...» cinguetta sottolineando con voce languida l'oggettività dell'affarone. Io non capivo. A casa mi sembrava ne avesse almeno altri due uguali. Identici. A fiori.

«Sì, no... certo, ma... ti servono?» Eliminato!

Ecco. Ecco cosa non chiedere mai a una donna che si sta comprando non uno, ma due vestitini. Uguali tra l'altro. A fiori, per giunta. "Ti serve?" è una domanda che porterà solo guai in risposta. Al tempo non lo sapevo ancora e lei mi disse che non capivo niente, che il mio era un discorso stupido, che i vestiti servono sempre e comunque, e che l'utilità è una componente del tutto trascurabile quando si parla di stoffe alla moda.

Io invece, fiero della prima camicia provata, mi ero semplicemente limitato a strisciare la carta di credito senza nemmeno chiedere il prezzo e avevo firmato lo scontrino con finta noncuranza, quasi senza guardare, continuando a sorridere alla ragazza che stava alla cassa. Le ho salutate tutte a voce alta e con un ampio e appariscente gesto del braccio. Mentre uscivo dal negozio con la borsetta bianca di cartone sotto braccio, già mi mancavano.

Il primo step verso la redenzione era stato agilmente raggiunto.

Tornando nel mio appartamento per la prima volta dopo "l'incidente" sono stato colto da una strana eccitazione. Poi da un'improvvisa ansia. Poi da tutti e due questi sentimenti assieme. Lo definirei quasi *spirito d'avventura*. Non mi ricordavo nulla di quella serata e non avevo minimamente idea di cosa avrei dovuto aspettarmi una volta varcata la soglia. La mia ansia saliva insieme all'ascensore, lentamente, dal primo piano al quarto.

"Avrò chiuso la porta prima di uscire? Figurati, ero talmente stonato che è già tanto che non mi sia buttato direttamente giù dal terrazzino per scendere! Dài, ma chiudere la porta è un gesto istintivo. L'avrò chiusa sicuramente anche da ubriaco! E se non l'avessi fatto? Mi avranno rubato tutto? Be', cazzo devono rubare? La tv pesa sei quintali e fa cagare, se me l'hanno rubata mi hanno fatto solo un favore. Il computer però... ma no, non è nemmeno un portatile... se mi hanno rubato i cd e i libri mi ammazzo! Di nuovo?" penso tra me e me, e per un secondo mi sorrido allo specchio. Arrivo al quarto piano e la porta di casa mia è subito alla destra dell'ascensore. Mi butto sulla maniglia come se avessi fatto a gara con qualcuno per raggiungerla e mentre l'afferro la spingo energicamente verso il basso. La serratura non scatta. L'avevo chiusa! "Questo dimostra che non volevo suicidarmi intenzionalmente" penso, e la cosa mi dà sollievo. Chi si preoccuperebbe di chiudere bene la porta di casa sapendo che sta andando a buttarsi da un ponte? Come se un kamikaze andasse dal dottore a farsi controllare la prostata il giorno prima di farsi saltare in aria con un'autobomba contro un asilo nido.

La casa sembrava a posto, a parte il comprensibile odore di chiuso e la polvere di questi giorni che si era sommata alla polvere di quando ci abitavo. Sul tavolo a isola che divide la cucina dal soggiorno sono ammucchiate cinque bottiglie di birra vuote, una bottiglia di Verduzzo vuota, una bottiglia di Martini vuota (ma sono quasi sicuro fosse già stata bevuta per metà, prima di quella sera) e una bottiglia di Keglevic alla menta alla quale manca il tappo e un quarto del contenuto. Aperto sul tavolo, c'è anche un sacchetto di grissini Fagolosi e un libro con la copertina rossa. A vederlo da due metri di distanza il mio tavolo sembra una bellissima natura morta realizzata da un gruppo di Alcolisti Anonimi.

Avvicinandomi al tavolo ho preso la bottiglia di vodka e l'ho annusata, istintivamente, come fosse un buon vino appena aperto. L'odore sembrava quello di sempre e quindi l'ho richiusa, anche se un po' a fatica, visto che lo zucchero appiccicaticcio si era depositato sul collo della bottiglia e aveva incrostato le scanalature del tappo, e invece di buttarla nel cesso e tirare lo sciacquone come avrebbe fatto un vero duro in uno di quei filmacci americani di serie B, l'avevo rimessa in dispensa, lasciando trasparire un'evidente dichiarazione d'intenti: "Cercherò di darmi una regolata, ma di smettere di bere non se ne parla nemmeno". Eccheccazzo! Non ero mica un vero alcolizzato. Solo perché mi sono fatto prendere la mano una volta, non è detto che lo debba rifare. Per quel che mi riguarda, queste stesse parole potrebbe averle già dette anche Charles Manson prima di me, ma tant'è... Il libro appoggiato vicino alle bottiglie – verosimilmente l'ultima mia lettura prima di uscire di casa – era *1001 dischi che devi ascoltare prima di morire.*

Scoppio a ridere da solo e provo a immaginare come possa essere andata: "Allora, *Ten* dei Pearl Jam lo conosco bene... e sono 997. *The Wall* dei Pink Floyd e *Transformer* di Lou Reed ce li ho, e fanno 999. *Like a Prayer* di Madonna non ce l'ho ma l'ho sentito, quindi vale lo stesso... e siamo a 1000. Marvin Gaye con *Let's Get It On*, capolavoro! Ce l'ho anche questo! 1001 dischi e li ho sentiti tutti, ora posso ammazzarmi!". Comunque per il resto l'appartamento non era messo niente male. Non c'erano nemmeno piatti rimasti da lavare o lenzuola insanguinate da dover bruciare prima dell'arrivo della polizia. Potevo considerarmi a buon punto nella mia scalata alla redenzione.

Da lì a pochi giorni avevo anche ricominciato a mettermi al lavoro. Avevo detto a tutti in redazione che avevo preso l'influenza, forse per tentare di capire se il mondo era al corrente di ciò che mi era successo nelle ultime settimane.

«Ehi, Alessandro!» mi saluta con voce paterna Damiano, il mio capo, mentre entra nel suo ufficio con la tabella degli ascolti Auditel della sera precedente piegato sotto il braccio e il bicchiere di carta della macchinetta del caffè fumante in mano. Damiano è quello che si potrebbe definire un arricchito. Nato a Foggia da genitori pugliesi, è emigrato nel Varesotto all'età di diciotto anni in seguito a impegni di lavoro del padre che con un esplosivo mix di lungimiranza, incoscienza e culo, aveva investito i pochi risparmi di famiglia nel settore della plastica, beneficiando del boom economico del nostro ridente paese negli altrettanto ridenti anni Ottanta. Damiano di colpo passa dall'essere un provinciale figlio della burrata a essere un provinciale figlio della burrata, però ricco. Non è mai riuscito a trovare un vero equilibrio tra le sue radici e la nuova condizione di manager rampante. Inoltre, nonostante sappia benissimo di avere il tacco dello stivale tatuato in fronte, ha sempre dichiarato di essere di Milano, come se la cosa gli desse un tono.

Se ti azzardi a mettere in dubbio questo dato di fatto e gli domandi: «Ma, Milano Milano?» lui ti guarda come se tu fossi stupido e ti risponde: «Ueh, certo!» e per ribadirlo ripete fastidiosamente la parola "figa" più o meno sessanta volte al minuto.

«Chi non muore si rivede, eh? Che brutta faccia che hai, figa...» mi fa lui, senza nemmeno avvicinarsi. Questa sua uscita, però, mi rasserena e faccio un sospiro di sollievo. Le allusioni alla mia misera situazione sono troppo dirette. Nessuno sa nulla, evidentemente. Rispondo con un sorriso che in condizioni normali non sarebbe stato adeguato all'accoglienza ricevuta, ma nel mio caso significa che almeno per i colleghi in ufficio non sono un aspirante suicida, e quindi non avrei dovuto subire un bombardamento di sguardi compassionevoli da parte di tutti e soprattutto, i colleghi non mi avrebbero parlato tenendo la testa inclinata e cantilenando "co-me-stai-A-les-san-dro?" come se fossi un bambino ritardato. Cosa che invece facevano regolarmente parenti e amici. Improvvisamente l'ufficio è diventato il mio posto preferito nel mondo.

«Ah, se cerchi la tua scrivania...» mi urla il capo da dietro la porta del suo ufficio privato, «non c'è più, figa! O meglio, la scrivania c'è ancora ma per questo mese ci sta Giovanni, è stato assunto a progetto la settimana scorsa, sta portando avanti un concept molto importante, figa.»

Mi sto guardando intorno come fossi un turista spaesato in mezzo a Times Square.

«Quindi, o ti metti nel computer libero in corridoio e ti cerchi una sedia, figa, perché quella non c'è più davvero, oppure mi sa che ti devi portare il lavoro a casa! Ce l'hai un computer a casa vero?»

«Sì! Sì...» confermo. «Ce l'ho un computer...»

«Bravo figa. Passa da Natalina allora, così ti aggiorna sul nuovo progetto e vedi se riesci a tirare fuori un'idea degna di essere chiamata tale!»

Vedo in lontananza un ragazzo che mi osserva, e che probabilmente è Giovanni, e io gli rimando la mia espressione da duro. Riavrò la mia scrivania, tento di fargli capire col linguaggio degli occhi.

«Ehi!» mi fa ancora il capo, sporgendosi da dietro la sua porta e interrompendo il mio sguardo di morte. «Lo so che sei ancora capace di tirar fuori delle belle idee. Credo molto in te, figa!» mi dice stringendo la mano a pugno e vibrandolo nell'aria: «Tu sei quello di *Calma Police*, non dimenticarlo, figa!».

«Già...» abbozzo sorridendo, evitando di puntualizzare che il programma che lo sta rendendo ricco alle mie spalle non si chiama *Calma* ma *Karma*. Gli volto le spalle e mi incammino verso la scrivania di Natalina-Naftalina.

Ripenso a quell'ultima frase che inizia tanto a saper di maledizione, "Tu sei quello di...!" e mi fa sorridere l'accento che ha messo sulla parola "Tu" come a far notare la maiuscola nella voce.

Natalina-Naftalina è alla sua scrivania e sta battendo al computer una serie di cifre su un foglio Excel. Natalina-Naftalina, o Nat Nat, o Nat al quadrato è l'assistente del capo, anzi, è la figura retorica delle assistenti dei capi. Praticamente un cliché con le gambe. Aziendalista fino al midollo, sempre prona al fatturato, timorata di Dio e perdutamente invaghita del suo datore di lavoro, che incarna quel minimo sindacale di figura carismatica utile a farla inconfessabilmente uscire di testa. La chiamiamo tutti Natalina-Naftalina per un duplice motivo: primo, si chiama Natalina e puzza sempre di naftalina, fatto sorprendentemente inquietante se si considera l'enorme varietà di puzze che una persona può decidere di emanare e il fatto che lei ne abbia scelta una che fa rima col suo nome. Avrebbe potuto essere inserita in un album di figurine degli *Sgorbions* se avesse almeno deciso di investire su se stessa. Invece nulla.

Il secondo motivo è che in naftalina, oltre a camicie, cappotti e gonnelline, ha riposto anche il suo organo riproduttivo. Che fosse leggenda o verità, gira voce che sia ancora vergine a trentun anni, e quindi comprensibilmente sull'orlo di una crisi di nervi. Ovviamente mi odia, ma del resto odia un po' tutti quindi dovevo sempre impegnarmi duramente per detenere il primato. Per provocarla, ogni volta che la incrocio in un corridoio fingo che lo spazio sia troppo stretto e le struscio volutamente il pacco contro i fianchi e con un tono al contempo innocente e provocante le chiedo scusa. «Ops! Non l'ho fatto apposta Nat...» Qualche volta mi ciuccio pure l'indice mentre la guardo.

Faccio lo stesso anche ora mentre mi siedo, accavallando le gambe sul bordo della sua scrivania, e di colpo è come se non me ne fossi mai andato da questo ufficio.

«C'è del lavoro per meeee?» miagolo mentre Nat Nat finge di ignorarmi. «Hai degli ordini per il tuo schiavo?» aggiungo avvicinandole le chiappe alla faccia e costringendola a guardarmi.

«Sì! C'è sempre lavoro qua! Sei tu che, forse, non sei in grado di svolgerlo» mi risponde seccata, illudendosi di aver ferito la mia dignità.

«Dài Nat, di che si tratta? Su, su! Attiva!» la incalzo uscendo dalla mia parte di bomba sexy.

«Due potenziali nuovi progetti... molto importanti!»

«E fino a qua c'eravamo. Posso sapere anche di cosa si tratta o devo indovinarlo?»

Nat al quadrato mi guarda con aria supplicante, chiusa in un silenzio sofferto. Come se volesse parlare ma qualcuno o qualcosa glielo impedisse.

«Nat? Nat? Su, concentrata, dài che non ho tutta la giornata da perdere!» mento, schioccando le dita in aria. «Dimmi almeno di che prodotto si tratta!»

«Pornografia!» sputa fuori di colpo.

«Ahhhh! Sesso!» dico io cercando di usare un tono di voce sufficientemente alto da imbarazzarla. Nat abbassa subito la testa e tenta di nascondersi dietro lo schermo del computer.

«Si sta lavorando alla rivisitazione di *Colpo grosso*...» mi confessa come se avesse appena bestemmiato. «Lo sai cos'è, no?»

«*Colpo grosso*? Quel glorioso programma anni Ottanta con Umberto Smaila e le ragazze cin cin?» le chiedo ingenuo. «Quello che faceva "cin cin – cin cin – ricoprimi di baci – cin cin – cin cin" e poi le ragazze facevano vedere le bocce? Nooooo... non ho idea di cosa tu stia parlando. E l'altro?»

«L'altro è un programma di viaggio. Terza serata» mi liquida con tono deciso, prima di tornare a ignorarmi.

«Sissignora!» mi alzo soddisfatto e appena aggiro la sua sedia mimo una sculacciata da film porno alle sue spalle. Mi incammino verso l'uscita, non prima di aver guardato torvo Giovanni un'ultima volta.

Viaggi e pornografia. La mia scalata ai vertici del settore

televisivo riparte da due capisaldi della vita di coppia nel nuovo millennio... Se è vero che un cuore gonfio di risentimento aiuta sempre l'artista a trovare l'ispirazione, forse sono proprio la persona più adatta per questo tipo di incarico. Devo solo decidere se scartare, per ora, l'opzione per me più semplice, ovvero la pornografia, e buttarmi a capofitto nell'universo delle anime erranti o viceversa. Seppellisco il dubbio scegliendo di lasciar decidere all'istinto e mi precipito al lavoro, ma l'entusiasmo si affievolisce prima del previsto. Improvvisamente mi trovo a casa, solo, davanti al computer, a fissare la tastiera agitando le dita nel vuoto come un pianista prima del concerto più importante della sua vita. È come se fossi in imbarazzo davanti a tutti quei tastini bianchi e non sapessi quale iniziare a pigiare per primo. La sensazione frustrante è che qualcosa stia frullando nella testa ma non riesca a vedere la luce. È come se il mio cervello fosse un grosso labirinto e l'idea che sto aspettando fosse il topino da laboratorio che schizza all'impazzata da una parte all'altra senza trovare la via d'uscita. L'indice e il medio della mia mano destra stanno per partire, ma tentennano e all'ultimo desistono, come fossero le mani inesperte di un quindicenne arrapato che si trova davanti al suo primo reggiseno da slacciare ma non sa da dove cominciare. Sarò monotematico, ma è veramente un momento quasi sessuale. Prendo coraggio e inizio con un po' di petting. Digito il mio nome una decina di volte fino a riempire un paio di righe. Guardo lo schermo. Il foglio di Word, con tutta una serie di "Alessandro" ripetutamente scritti sopra, sembra già un terreno meno ostile. Penso che dovrei proprio trovare una buona idea. Ne ho il dovere. Mi chiedo cosa voglia dire *buona*, perlomeno per me. Penso a qualche aggettivo che la possa caratterizzare. Intelligente, ironica, cinica, perversa. Scrivo questi quattro aggettivi a penna su un post-it e lo appiccico sul bordo dello schermo a mo' di promemoria. Non mi è venuta in mente la parola "vendibile". La mia idea, invece, dovrà cercare di essere anche quello.

Immagino una scena in cui la mia proposta viene accettata e tutti si complimentano con me, applaudendo e abbracciandomi. Penso che non faccio sesso da due settimane. "Una vita" penso. Penso che devo dare il meglio di me in questo lavoro e Giovanni andrà affanculo e riavrò la mia scrivania al più presto. Penso all'ultima volta che abbiamo fatto l'amore. Non io e Giovanni. Io e Viola. Penso a come sarebbe rifarlo di nuovo. Penso che magari non sarei più capace e magari verrei subito. Penso al mio sperma, che invece di essere bianco come una perla rara, uscirà marrone, come l'acqua arrugginita la prima volta che sgorga da un rubinetto rimasto chiuso troppo tempo. Penso che devo smetterla di pensare stronzate e concentrarmi.

La tentazione di connettermi a internet e navigare un po' su YouPorn è tanta; qualche giorno fa sono incappato in una pornostar che è identica spiccicata a Melissa Satta. Potrei dare una sbirciatina veloce e pugnalarmi un po'. No, troppo facile. Devo concentrarmi sui viaggi. Chi li fa? I giovani? Tutti? I lavoratori? I vecchi lerci che vanno in Thailandia a scoparsi le minorenni? Lo metteranno il preservativo? A chi piacciono i preservativi? Quasi a nessuno credo. A parte gli eiaculatori precoci. Ecco, questo è un buon mercato. Perlomeno è ampio... No, devo restare sui viaggi. Destinazioni. Obiettivi. Fughe. Incontri culturali. Cerco riferimenti da cui poter rubacchiare uno spunto. Penso a film che mi potrebbero aiutare. Generi di viaggi e viaggiatori diversi tra loro. Viaggi di formazione: *Sideways, Marrakech Express*. Viaggi per trovare se stessi: *Into the wild, Il treno per il Darjeeling*. Scorro il mio Blockbuster interiore. Viaggi di fantasia: *Il favoloso mondo di Amelie, Ritorno al futuro*. Dove vorrei andare, io?

Mi squilla il telefono. È lei.

Il telefono sta pulsando di vita propria, vibrando ossessivamente sulla superficie in finta pelle della mia scrivania. Sullo schermo blu fluorescente sono apparse le cinque lettere meno attese. V-I-O-L-A. Tutto è così improvviso da non lasciarmi nemmeno il tempo di chiedermi il motivo di questa telefonata. In apnea e con un gesto assolutamente istintivo ho premuto il tasto verde sulla tastiera e dopo aver raccolto tutto il fiato che i miei polmoni erano in grado di mantenere esplodo in un «prontooo!» fintamente naturale ai limiti del ridicolo.

«Ciao» la sua voce mi schiaffeggia il cervello.

«Ciao, senti... posso richiamarti io più tardi?» cerco di giocare d'anticipo. «Sono... mi hai proprio beccato nel mezzo di... sono in una riunione...» Non so perché l'ho detto. Forse quando il mio cervello si sente sotto assedio va in protezione automatica.

«Certo, certo! Scusa!»

«Figurati! Ci mancherebbe...» rispondo magnanimo. «Ti richiamo dopo... ciao, cià.»

Tasto rosso. Clic. Appoggio il telefono nuovamente sulla scrivania e scatto in piedi, iniziando a girare su me stesso nel mezzo del salotto. È come se il fiume di domande che non avevo avuto tempo e voglia di pormi qualche secondo fa avesse trovato una piccola crepa nella diga e ora avesse totalmente rotto gli argini inondandomi la testa. Non posso affrontare tutto da solo. Riafferro il telefono e chiamo Dery. Mi risponde dopo un solo squillo.

«Pronto!»

«Indovina!»

«Ti sei preso i pidocchi come alle elementari?»

Alle elementari il circo Orfei si era fermato nella mia città per un paio di settimane e c'ero andato con alcuni miei compagni di scuola. Al modico prezzo di cinquemila delle vecchie lire, mia mamma mi aveva lasciato fare la fotografia con la scimmietta ammaestrata, che evidentemente, non essendo ossessionata dall'igiene personale, mi aveva attaccato i pidocchi. In uno slancio di inconsapevole altruismo, il giorno dopo, avevo pensato di attaccarli a tutta la mia classe obbligando i miei compagni a un taglio di capelli collettivo da campo di concentramento. Due giorni dopo il circo, sembravamo la classe di *Schindler's List*.

«No, niente pidocchi. Mi ha chiamato Viola!»

«Viola, la tua ex?»
«No, Viola Valentino. Vuole rimettersi in pista e mi ha proposto un featuring.»
«Cazzo!» risponde stupito.
«Hai capito che ero sarcastico e che in realtà mi ha chiamato la mia ex, vero?»
Tentenna per un momento prima di rispondere, ma alla fine mi tranquillizza e rilancia.
«Certo! E quindi che vi siete detti?»
«Niente praticamente, mi sono inventato una riunione e le ho detto che l'avrei richiamata. Mi sono irrigidito tutto. Credo che l'abbia capito. Mi si è seccata la bocca, forse ho anche balbettato... non lo so...»
«Quando una persona balbetta, eticamente parlando, pensi sia preferibile terminare le parole che lui non riesce a pronunciare o aspettare paziente finché non riesce a pronunciarle in autonomia?» mi chiede con voce calma.
«Ma che cazzo stai dicendo?»
«Non mi sembra difficile. Posso giocare con voi a pa... a paaa... a paall... palllo... ecco, insomma gli completi tu la frase o aspetti che riesca a dire *pallone*?»
«Ma cosa c'entra?»
«Tu hai detto che hai balbettato...»
«Io ho detto che, forse, ho anche balbettato, ma comunque era solo un modo per dire che ero in affanno!»
«Vabe', ma tu cosa faresti con la mitraglietta? Pa... pall... palll...» mi incalza, caricando talmente tanto la sua imitazione da sembrare più un ragazzino spastico che un balbuziente. La conversazione sta iniziando a diventare snervante e io comincio a rimpiangere di non essere rimasto al telefono con Viola.
«Non lo so, dipende dal grado di confidenza... credo che lo lascerei fare, comunque!» cedo, alla fine, giusto per accontentarlo.
«Perché?»
«Ma che ne so! Per rispetto, forse?»
«Perché pensi che lui, da solo, non si renda conto di es-

sere un disco rotto?» mi accusa, tentando di farmi sentire in colpa.

«Hai ragione. Lo aiuterei a finire la frase!» provo a tagliare corto.

«Non credi che sarebbe indelicato?» Non demorde. Perdo ogni speranza e rimango in silenzio per un tempo interminabile, telefonicamente parlando.

«Pronto? Pronto? Ale? Pronto?»

«Hai finito?»

«Ah, eccoti! Di fare cosa?»

«Il cretino. Ti ho detto che Viola mi ha chiamato, te ne sei reso conto?»

«Sì che me ne sono reso conto, ma se non vi siete detti niente, io cosa posso farci?»

«Ti ho chiamato apposta per questo! Secondo te cosa voleva?» gli chiedo con lo stesso tono di voce supplichevole che userei con un cartomante davanti alla sfera di cristallo pregandolo di non andarci troppo pesante con la verità.

«Per me vuole rimettersi con te!»

«Dici?» rispondo illuminato nel viso e nel cuore.

«No, non credo, ma se non la richiami non lo saprai mai. Anche se con ogni probabilità sarà una di quelle telefonate, del tipo "Ehi, come va? non ci sentiamo da un po', volevo solo sapere come stai, come te la passi, è passato un sacco di tempo dall'ultima volta che ci siamo visti, magari una sera di queste potremmo farci un aperitivo così ci raccontiamo un po' le nostre vite..." eccetera eccetera...» mi risponde cimentandosi con una pessima imitazione della voce di Viola.

«Ma io non ho nessuna intenzione di sapere come va la sua vita!» protesto come un bambino che fa i capricci. Oltretutto mentendo. Anzi, mentendo a metà. Una parte di me ha paura che mi racconti la sua vita perché sa che probabilmente la sua vita sta andando avanti anche senza di me. Ci sono buone probabilità che si sia trovata un nuovo ragazzo, che stia progettando con lui le vacanze per quest'estate, o forse l'intero futuro. Non mi stupirei se l'avesse già presentato ai suoi genitori e loro lo trovassero migliore di me. Ho sempre voluto essere uno di quei ragazzi che le ex fidanzate non riescono a dimenticare, ma sono quasi sicuro che non sia questo il caso. Non mi interessa se sta bene, se si sente realizzata, se ha trovato un nuovo lavoro che la soddisfa e che la rende più felice. Anzi, spero esattamente il contrario. La verità è che non me ne frega un cazzo della sua felicità, se la sua felicità non dipende direttamente da me, e la lucidità con cui ne prendo coscienza mi scarica una botta di adrenalina che sento concentrarsi in mezzo al petto. Non voglio incontrarla per paura che lei stia meglio di me, ma allo stesso tempo ho bisogno di sentirmi dire che lei sta guardando avanti. L'altra parte di me vuole essere fatta a pezzi per essere libera di autocommiserarsi e odiarla. Vorrei poterle augurare la morte, senza quel brivido dietro le orecchie causato dal senso di colpa. La linea che divide l'amore dall'ossessione è molto sottile, a volte.

Dall'altra parte del cavo Dery sta ancora parlando, ma io ho ormai smesso di ascoltare da un pezzo.

«Capito?»

«Sì, sì! Credo di sì!» rispondo senza avere la minima idea di cosa stia parlando.

«Quindi?» mi inchioda al muro.

«Quindi, ho deciso. La voglio vedere! A dopo.»

«Ma scusa, se ti ho appena detto che dev...» Clic. Fine conversazione.

Resto immobile un secondo. Mi sfrego la fronte con un teatrale gesto di sofferta indecisione e richiamo Viola che si stupisce per la velocità con cui ho terminato la mia riunione. L'inizio è imbarazzato da ambo le parti. Io non chiedo troppo. Lei non si sbottona più di tanto, ma sembra che stia leggendo il copione che mi aveva pronosticato Dery, qualche minuto prima. Mi chiede un appuntamento per domani orario aperitivo, verso le sette e trenta all'ATM nuovo. «Volendo, fanno anche da mangiare sushi» mi dice. Accetto.

Uscita di sicurezza

La verità è che non si è mai realmente pronti a qualcosa per cui non si è pronti. Appena ho aperto gli occhi questa mattina al mio risveglio, il pensiero di dover incontrare Viola si è già sistemato comodo comodo al centro del cervello e lì è rimasto per tutto il giorno, resistendo con forza coriacea a ogni mio tentativo di distrazione. Per cercare di pensare ad altro, è da stamattina che fingo di interessarmi a tutto. Sono sceso al bar a fare colazione, ho letto il giornale per intero, senza tralasciare nemmeno un articolo, dedicando dieci minuti buoni anche alla sezione "Arte e cultura" dove ho cercato di concentrarmi su un editoriale che spiegava come costruire un'ipotetica città globale che amalgami le principali caratteristiche di tre principali ceppi culturali e bla bla bla... ci ho messo tre cappuccini per riuscire a finirlo e ancora non avevo le idee ben chiare.

Sono tornato a casa, ho controllato su Sky Meteo24, così per curiosità, le temperature e le previsioni di tutti e cinque i continenti, fantasticando su viaggi esotici che probabilmente non farò mai. Ma, nel caso, saprei dove potrebbe servirmi un k-way. Ho fatto un po' di zapping e mi sono soffermato su un talk show mattutino, in cui il caso umano del giorno è una ragazzina veneta di diciannove anni che stringe la mano a un giovane uomo marocchino seduto di fianco a lei, probabilmente il suo fidanzato.

Lei ha gli occhi lucidi e gonfi di lacrime come da copione e se ne sta su un divanetto vicino alla poltrona della conduttrice mentre racconta la sua difficile storia singhiozzando aritmicamente e tirando su col naso ogni trenta secondi. Le telecamere sono ossessionate dalle mani dei due ragazzi che si intrecciano e si strofinano e si stringono e si accarezzano. Il messaggio che si vuole far passare è che questi due si amano alla follia e sono vittime delle brutture del mondo. I genitori di lei odiano il marocchino in quanto razzisti e la ragazzina sta raccontando di aver abortito di nascosto per paura che mamma e papà venissero a sapere che si faceva castigare saltuariamente nel retrobottega del giovane divoratore di kebap.

La tv spazzatura sta funzionando, e per dieci minuti riesco a non pensare a questa sera, totalmente rapito dal dramma borghese in onda su Canale 5. Il pubblico in studio, formato da un esercito di vecchie rugose e permanentate, è pronto a darci la sua autorevole opinione sulla faccenda. C'è chi è solidale con i ragazzi, chi con i genitori, chi sottolinea di non essere razzista ma stigmatizza comunque la loro storia d'amore perché «diciamoci la verità, i marocchini hanno una cultura tutta un po' particolare, che con noi, insomma, non va tanto d'accordo, ecco...».

La conduttrice annuisce, e fa segno di capire perfettamente. Beata lei. Una signora con un vestito a pois ha la mano alzata da un paio di minuti e appena le passano il microfono è pronta a sentenziare che è una vergogna che questa ragazza abbia abortito, e lo è ancora di più il fatto che lo venga a raccontare in televisione perché nel mondo ci sono tante donne che non riescono ad avere figli, e abortire è una mancanza di rispetto nei confronti di tutte le donne sterili.

«Cazzo c'entra! E allora uno deve cagare quattro volte al giorno per non mancare di rispetto agli stitici?!» sbotto stravaccato sul letto in un eccesso di partecipazione, sventagliando il telecomando in aria come fosse una spada. Sono entrato nel loro perverso meccanismo.

È seguito un applauso che ho deciso di fare mio, e ho spento la tv.

Provo a concentrarmi sul lavoro che ho lasciato a metà ieri sera ma mi sembra di avere la testa piena di ghiaia. Certo, è difficile pensare a qualcosa di innovativo al giorno d'oggi. Qualche giorno fa, navigando su internet, ho letto la notizia di un nuovo reality show olandese in cui i concorrenti sono tutti gravemente handicappati. Uno è senza gambe, un altro ha le mani attaccate direttamente ai gomiti, uno ha la testa grossa come un televisore Brionvega e un'altra sembra la sorella di Super Slot dei *Goonies*. Come se non bastasse, il servizio fotografico li ritrae tutti impettiti su un'isola tropicale, ad atteggiarsi in posa manco fossero il cast di *Lost*. Ricordo di essermi chiesto chi avesse potuto essere così cinico, volgare e insensibile da partorire un'idea deplorevole come quella. E poi ricordo di aver provato una leggera punta di invidia nei suoi confronti. Non sono sicuro che il mio cervello possa arrivare a produrre qualcosa di simile. Resto fermo davanti allo schermo e provo un forte senso di disgusto verso me stesso e il mio lavoro. Sono ostaggio di "un'idea forte". Non importa che sia etica, condivisibile, educativa. Anzi, per essere forte dev'essere proprio il contrario. Quella è roba da catechismo, e nessuno al giorno d'oggi vuole ascoltare una predica in prime time. Leggo il post-it che ho appiccicato allo schermo ieri sera e che mi avrebbe dovuto guidare nella mia ricerca di "un'idea forte". *Intelligente, ironica, cinica, perversa.* Forse non sono gli aggettivi primari, non tutti e quattro perlomeno. Grazie a me, potenzialmente, nei prossimi mesi la gente verrà bombardata da uno slogan che li invita a rincoglionirsi davanti alla televisione, piuttosto che fare l'amore con la propria donna. I reality e la moviola in tv sono la meta da inseguire; i figli, i genitori, gli amici e le responsabilità lo spettro da scacciare. Rinneghiamo gli scambi di umanità tra le persone e lasciamo che sia la televisione a indottrinarci. Di certo non l'ho voluto io, ma ci sguazzo avidamente. Perché confrontarsi con la vita e soffrire quando un programma trash ti può anestetizzare? Potrei corrompere delle menti, e probabilmente verrò pagato un sacco di soldi per questo. Tento di convincermi che in fondo è solo tv e che la gente dovrebbe coglierne il lato ironico, e che se non ci riesce non è colpa mia, ma la sensazione di leggerezza dura meno di qualche secondo. Io sono la vocina che vi spinge ad acquistare un detersivo piuttosto che un altro senza nemmeno sapere perché. Io sono Boncompagni che parla nell'auricolare di una zoccoletta. Ora, non voglio certo prendermi tutti i meriti, ma dico soltanto che continuando con questo lavoro avrò dato il mio umile contribuito a rendere il mondo un posto peggiore. Sarebbe il momento di brindare, sarebbe.

Tra poche ore devo uscire per incontrare Viola e il solo pensiero mi riempie immediatamente la vescica. Sono pieno di pipì della tensione, quella che ti viene prima di un esame a scuola, quella che ti sorprende un secondo prima di salire sul palco per suonare col flauto *Pierino e il lupo* al saggio delle medie, quella che ti fa esplodere la pancia quando stai per tirare il rigore decisivo nella finale dei Mondiali, sebbene di quest'ultima esperienza non possa essere certo. Cosa ci diremo stasera? Perché mi ha voluto vedere? Perché ho accettato un aperitivo sapendo che non dovrei toccare un goccio d'alcol per un po'? Userò la solita scusa degli antibiotici, altrimenti se ci fosse anche solo una minima possibilità di riaverla me la giocherei all'istante.

"Ale, dovevo essere impazzita! Ci ho riflettuto e ho capito che lasciarti è stata la più grossa stronzata della mia vita!"

"Fantastico!" direi io.

"Brindiamo alla nostra nuova unione!"

"Ehm... veramente non posso..."

"Perché?"

"Perché quando mi hai lasciato mi sono sbronzato come una scimmia e ho tentato di uccidermi buttandomi da un ponte..."

"Ah..."

"Sì ma non ti preoccupare, non sono morto, perché ho centrato in pieno un vagone appena sotto!"

"Certo..."

"..."

"..."

"..."

"Sai cosa? Mi sono appena ricordata di avere un impegno di cui mi ero completamente dimenticata! Ti chiamo io eh..."

Sparita per sempre.

Giro a vuoto per casa, vado in bagno, poi in camera da letto, poi ancora in bagno, poi innaffio le piante. La lavanda inglese che aveva voluto lei è tristemente abbacchiata sul davanzale insieme ai ciclamini, mentre il piccolo ficus che avevamo piantato insieme continua a buttare foglie e sembra crescere forte e sano. Ho dovuto legarlo a una piccola canna di bambù, per permettergli di svilupparsi bello dritto, e lui diligentemente le si sta adeguando, crescendole intorno. Lo guardo e provo un po' di soddisfazione.

Torno in sala e scannerizzo la mia libreria di dischi per cercare una colonna sonora adatta alla situazione. Per scegliere il cd più adatto è necessario farsi una domanda: "Come stai?", e rispondere sinceramente. "Male, anzi malissimo." Dillo forte e chiaro. Non ci sono scappatoie, non c'è una risposta più semplice. Non ho dita a sufficienza per nascondermici dietro. Preso atto di ciò, cosa è meglio ascoltare quando stai di merda? Un disco allegro e solare che ti fiondi mentalmente su una spiaggia caraibica? Della psichedelica che ti aiuti a scaricare la tensione? Le note vellutate del soul che ti spingono a cantare in falsetto un ritornello più adatto a un eunuco che a te? Un gruppo indie rock che ti fa capire che per quanto tu possa soffrire per amore, l'eroina resta sempre una valida alternativa? Le corde di una chitarra intimista pizzicate con la stessa dolcezza con cui solleticheresti il clitoride a Elisabetta Canalis, se mai ne avessi l'opportunità?

C'è chi usa la musica per combattere il suo stato d'animo. Io preferisco assecondarlo. Scelgo *Set Yourself on Fire* degli Stars. La traduzione del titolo è "Datti fuoco" e nonostante l'aggressività paventata mi sembra la colonna sonora migliore per una giornata come questa. L'opzione numero due sarebbe stata Tiziano Ferro, non mi vergogno ad ammetterlo. Il disco degli Stars è stato palesemente scritto in seguito a varie delusioni amorose e gioca sull'intreccio delle voci vellutate dei due leader, un uomo e una donna che mettono in scena il post rottura da entrambi i loro punti di vista. È un album vagamente triste ma non patetico, lo definirei piuttosto "disperato con stile", e a tratti si respira addirittura aria di riscossa, a partire dalla traccia numero uno che è, forse, la dichiarazione d'odio più poetica che abbia mai avuto la fortuna di ascoltare. Mentre cambio stanza, la verità inizia a uscire dalle casse del mio stereo:

> È soltanto una questione di tempo e una faccia che inizia a scomparire, io ho scelto di espormi e tu non sei stata in grado di scegliere. Ti spedirò una cartolina. Ti farò avere mie notizie, da quella casa sulla strada del vero Amore.

Mi siedo sul divano di fronte alla finestra pronto a ricevere l'ennesima pugnalata.

> Voglio dirti solo un'altra cosa, quindi cercherò di farmi coraggio. Sei stata quello che ho voluto e io ti ho dato quel che avevo da dare. Non rimpiango di averti incontrato. Non rimpiango sia finita. Non rimpiango non ci sia più niente da dirsi.

Le note, che sfondano le resistenze del cervello, sono come due mani dolorose che mi immobilizzano la testa e mi tengono le palpebre spalancate costringendomi a fissare la vita. Sul tavolino poggiapiedi sono accumulati svariati numeri di "Rolling Stone" arretrati, ne sorteggio uno e tento di sfogliarlo, ma desisto quasi immediatamente e getto indietro la testa sentendo i muscoli del collo farsi tutt'uno con lo schienale in pelle fredda del mio divano. Quando riapro gli occhi la stanza è piombata nel silenzio, quindi devo aver dormito per un'oretta almeno. Cerco l'orologio digitale sopra la mensola e mi rendo conto di aver dormito quasi due ore. Sono in ritardissimo. Mi vesto in fretta e furia puntando con decisione sulla mia nuova camicia e su un paio di jeans. Mentre mi chino per infilare il piede destro nei pantaloni avvicino pericolosamente il naso alle mie ascelle, che scopro insolitamente piccanti. Dannato stress. Mi sfilo la camicia e me le lavo in gran velocità lanciando litri e litri di acqua ghiacciata verso il mio incavo ascellare come fanno i tipi fichi nelle pubblicità dei deodoranti.

Evidentemente i tipi fichi delle pubblicità dei deodoranti hanno la donna delle pulizie filippina o vivono ancora con una madre molto paziente, perché, appena chiudo il rubinetto e mi volto mi rendo conto che il pavimento del bagno sembra una miniatura del lago di Tiberiade. Tento di asciugare alla buona, camminando sulle acque con le calze di spugna, che ne assorbono una quantità considerevole ma non sufficiente. Non ho tempo per le pulizie di fino e torno in camera saltellando per la cucina nel tentativo di levarmi le calze per cambiarle. Rivesto la camicia nuova facendo attenzione a non sbagliare l'ordine dei bottoni e torno ancora in bagno per sistemarmi i capelli. Mi fisso nello specchio senza sapere che immagine stia cercando. Non so cosa voglio essere. Voglio sembrare attraente, provocante, triste, o indifferente?

Il posto non è troppo lontano da casa mia, ma il traffico dell'ora di punta può essere una variabile impazzita. Di prendere la macchina non se ne parla, se voglio arrivare in tempo, quindi l'unica soluzione plausibile è prendere la Vespa, nonostante faccia un freddo cane. Sono in folle ritardo e sono costretto a bruciare qualche semaforo rosso mentre sguscio tra un branco indefinito di lavoratori che sembrano risalire la corrente verso casa come migliaia di salmoni impazziti. Fischietto una melodia indefinita, tentando di accordarmi al fischio dell'aria fredda che mi sta gelando le mani e il naso, e mi sibila nelle orecchie.

A disturbare il mio duetto con il vento è la suoneria del

telefono che mi vibra nella tasca dei pantaloni. "Sono in ritardo di soli cinque minuti e già mi assilla" penso tra me. Invece è Dery. Non posso permettermi di fermarmi a rispondere e mi limito ad avvicinare il telefono alla bocca dopo aver premuto il tastino verde e a urlare «Adesso non posso! Ti chiamo dopo!» e a riagganciare senza nemmeno aspettare una risposta, continuando a sfrecciare tra una macchina e l'altra. In meno di trenta secondi il telefono squilla di nuovo.

"Questa è lei sicuro!" sono pronto a scommettere. Estraggo nuovamente il cellulare tenendo in equilibrio il manubrio solo con la mano sinistra e vedo apparire sul display ancora il nome di Dery. Questa volta non rispondo nemmeno e continuo la mia lotta contro il tempo. Prima di riuscire a mettere il motorino sul cavalletto all'ingresso del locale ho perso altre quattro chiamate ed erano tutte sue. Lo maledico d'istinto ma vengo immediatamente colto da una vampata calda d'angoscia. Con la sfiga che ho in sto periodo magari mi è pure morto l'amico del cuore. Potrebbe trattarsi di qualcosa d'importante o magari è nei guai e ha bisogno del mio aiuto. Lo richiamo subito e il tempo in cui attendo una risposta mi sembra almeno due volte più lungo del normale. Nell'istante in cui sento la sua voce baritonale salutarmi al telefono, stabilisco con un buon grado di precisione che è fuori pericolo.

«Non mi pare tu stia morendo.»

«Eh?»

«No, dico. Non mi sembri in pericolo di vita o di morte...»

«No, direi di no... sto guardando *C.S.I. Miami*...»

«E allora che cazzo mi telefoni a fare?»

«Ho litigato con Giulia...» mi fa lui languido.

«E capirai! Io sto per incontrare la donna che più ho amato al mondo che mi ha lasciato da nemmeno due mesi... ma tu mi ascolti quando ti dico le cose?»

«Certo che ti ascolto, è solo che...»

«No! Non mi devi rispondere! È una domanda retorica...»

sbotto io. «Lo so da me che non mi ascolti, perché sennò ti ricorderesti che stasera sto per impazzire!»

«Guarda che non sei l'unico al mondo ad avere problemi con le donne eh...» mi rimprovera cercando di farmi sentire in colpa. Sto per rispondergli quando attraverso la vetrina del locale vedo Viola, già seduta, che mi sta fissando e sventola la manina con le dita aperte nel segno universale del ciao-ciao! Le rispondo con un sorriso stiracchiato e le faccio segno prima con l'indice alzato verso il cielo, poi con la mano aperta palleggiando su e giù un pallone immaginario e infine tornando ad alzare l'indice puntandolo verso di lei, nei gesti universali di un-minuto-aspetta-aspetta-che-arrivo-da-te. Immediatamente non capisco più nulla.

«Hai capito? Mi senti?» la voce di Dery mi ridesta.

«Sì, ho capito. Dimmi, cos'è successo di grave?» caricando la parola "grave" col massimo dell'ironia che avevo in corpo.

«Lo sai che in America stanno facendo la lotta a *C.S.I.* e programmi simili perché svelano ai malviventi i trucchi del mestiere?»

«No, ma spero tu volessi parlarmi di Giulia e non di questo. Comunque sono un po' di fretta, quindi...»

«Abbiamo litigato. L'idea di andare a convivere è a rischio. Potremmo lasciarci a pochi passi dal traguardo.»

«Ti sembra che la convivenza sia un traguardo?»

«Non lo è?»

«Be', se lo è, ti assicuro che io e Viola non abbiamo ricevuto la medaglia...» rispondo continuando a buttare l'occhio attraverso la vetrina zeppa di adesivi decorativi multicolore.

«Non lo so... mi sono venuti mille dubbi...»

«Forse dovresti lasciarla...» gli suggerisco senza pensarci, rendendomi conto con un secondo di ritardo di non aver soppesato adeguatamente le parole.

«Oh la Madonna! Stiamo insieme da tredici anni...»

Chi l'ha detto che bisogna pensare bene prima di parlare? Forse le parole che non controlli sono le più sagge. Penso al ficus che stavo innaffiando poche ore prima e alla canna di bambù attorno a cui sta crescendo.

«Infatti! State insieme da tredici anni e ne avete ventinove, quindi vi siete fidanzati quando ne avevate...»

«Sedici...»

«Esatto, sedici! E non vi siete mai lasciati. Come fai a sapere che sia lei la donna della tua vita?»

«Lo so proprio perché ci sto da tredici anni?» mi domanda sarcastico.

«No! Intendo dire, siete cresciuti insieme da quando non avevate minimamente idea di cosa fosse un rapporto. Come fai a essere sicuro che, col tempo, andare avanti insieme sia stata una vostra scelta e non qualcosa a cui vi siete costretti l'un l'altra?»

Il mio ficus cresce attorno alla canna di bambù non per natura, ma perché io li ho legati insieme. Io sono un fattore esterno. Per la precisione sono il fattore esterno che unisce una pianta a un pezzo di legno senza vita. Io sono l'amore. Io sono la pigrizia. Io sono l'errore. Io sono la noia. Io sono l'affetto. Io sono la famiglia. Io sono la tradizione, la cultura, il retaggio, la religione. Io sono l'abitudine. Io sono la certezza, il porto sicuro, la tranquillità. Io sono il suo piatto preferito, i suoi spazi, il silenzio. Io potrei essere qualunque cosa li abbia convinti a stare insieme.

«Mi chiedo solo se sei sicuro di stare con lei per il motivo giusto» gli dico mentre il respiro continua a spruzzare nuvolette di condensa fuori dalla mia bocca.

«E quale dovrebbe essere il motivo giusto?»

«Non so, l'amore, immagino...» azzardo stupito dalla velocità con cui sto portando a termine questa discussione.

«Mah...» mi risponde dubbioso «... io so solo che preferisco starci che non starci.»

Chiaro. Anche io preferirei stare con Viola piuttosto che non starci, e mentre la sbircio attraverso quel vetro colorato che è solo una delle mille cose che ci separano, capisco che per me vale lo stesso discorso ma non ho la fortuna di Dery.

«Sì, infatti... stavo sparando cazzate. Cercate di risolverla, ma vedrai che non sarà niente di grave...» gli dico senza capire se stessi cercando di consolare lui o me stesso. «Però continuo a non capire come sei riuscito a stare con lei una vita intera senza mai tradirla...»

Dery si chiude in un silenzio sospetto.

«Non l'hai mai tradita, vero?»

«Ma certo che no!» mi rassicura con un tono di voce palesemente in imbarazzo.

«Brutta merda! L'hai tradita e non mi hai detto niente? A me! Al tuo migliore amico!»

«Ma ti ho detto di no! Non l'ho mai tradita! Mai!» prova a metterci una pezza senza convincermi minimamente.

«Certo certo... come no! Tranquillo. Il tuo segreto morirà con me... che di sti tempi, poi...»

«Ma guarda che non è mai successo niente...» continua a protestare prima di cambiare argomento, visibilmente imbarazzato. «Ma sei già all'appuntamento?»

«Essì, da un pezzo anche... infatti sto congelando e adesso devo proprio andare... ma della tua scappatella ne riparliamo eh... vecchio trapano... toh guarda...»

«Cosa?»

«Due euro per terra...» rispondo felice come un bambino.

«Capirai...» minimizza dall'altro capo del telefono.

«Be', sempre meglio di un calcio nel culo...»

«No, quello ti arriva quando ti chinerai per raccoglierle e allora pregherai perché sia solo un calcio nel culo!»

Sorrido. «Questa sì che è vera filosofia metropolitana!» lo sfotto. Ci salutiamo e mi chiede di informarlo su come andrà la serata. Ora non ho proprio più scuse, devo entrare.

La porta automatica si spalanca davanti a me come se avessi un telepass incorporato, e i miei primi passi all'interno del locale emettono fischi tanto acuti quanto fastidiosi per via delle suole di gomma delle mie scarpe che strisciano contro il pavimento di linoleum. Urla laceranti che mi implorano di non proseguire, come se i piedi si stessero ammutinando. Aggiusto il passo e penso che sarebbe divertente potermi staccare dal mio corpo per osservarmi dall'esterno, mentre cerco di sembrare il più disinvolto possibile avanzando verso Viola.

Inizio a sorridere con qualche metro di anticipo, lei si alza da dov'era seduta, e gli ultimi tre secondi che precedono l'incontro mi servono per prendere la prima decisione importante della serata. La bacio? La abbraccio? Le porgo la mano? Avrà saputo del mio "incidente"? Pensa! Pensa! Pensa! Riesco solo a concentrarmi sulla sgradevole sensazione dei miei calzini, dentro le Timberland, che mi scivolano sotto il tallone per colpa di un elastico troppo moscio. Pensa! Pensa! Pensa! Una virile pacca sulla spalla? Le batto il cinque? Faccio il doppio urletto del cowboy? Il mio tempo sta per scadere e opto per la soluzione che conosco meglio. Lascio che sia lei a decidere. Viola mi si fa incontro spalancando le braccia e regalandomi un sorriso sincero, molto più disteso rispetto al mio, che sembra probabilmente quello della Monnalisa.

Fortunatamente sono abituato a reagire subito a ogni stimolo, anche il più distante dal mio stato d'animo, e allargo le braccia anche io come d'istinto, indossando fulmineo la maschera col sorriso buono, tipo un nonno che è felice di riabbracciare il nipote. Per quanto perversa e triste possa apparire la scena vista dall'esterno, lì per lì sembra funzionare. Ci incastriamo l'uno dentro l'altra in un abbraccio denso e prolungato, tanto per volontà mia quanto sua, e che mi rendo conto mi è mancato più di quanto credessi. Appena ci stacchiamo, il mio primo istinto sarebbe di abbracciarla di nuovo, ma riesco a trattenermi.

«Carino qua!»

«Già, non c'eri mai venuto?» mi domanda. Faccio segno di no con la testa perlustrando l'intera sala con lo sguardo.

«Sopra è ancora meglio, ci spostiamo là?» mi propone incamminandosi verso le scale che portano probabilmente alla terrazza. Avrei voglia di prenderla per mano e iniziare a correre. La seguo da dietro verso il piano superiore e mentre saliamo la scalinata in parquet resto velocemente ipnotizzato dalle sue natiche. Le osservo strofinarsi l'una contro l'altra, gradino dopo gradino, e le ascolto cantare le più belle canzoni mai scritte. Il suo sedere produce una luminosità che non ha nulla a che vedere con il concetto di luce terrena. La mente vaga su pensieri osceni fuori controllo. Sulla terrazza sono sparsi una decina di tavolini in ferro battuto dipinti di bianco, con quattro sedie ognuno, anche loro in ferro battuto bianco con la variante di sottili cuscini in tinte pastello a rivestirne lo schienale. I tavoli vicino alla ringhiera, i più ambiti, sono tutti occupati da un campionario sorprendentemente omogeneo di coppiette lui-ricco, lei-appariscente. Siamo costretti a sederci a uno dei tavolini centrali e, mentre prendiamo posto, sento addosso tutti gli occhi dei "periferici". Appena ci sediamo, il cameriere arriva in pressing asfissiante manco fosse un commesso di Foot Locker, pronto per le nostre ordinazioni. Nessuno di noi ha ancora avuto nemmeno il tempo di aprire la lista dei drink e Viola mi lancia uno sguardo confuso e impreparato. Mi offro di prendere in mano la situazione.

«Posso consigliarti io?» le chiedo con garbo, per rinfrescarle nella memoria il mio autoritratto di uomo deciso ma garbato, forte ma sensibile, consapevole ma umile... "sta mano po' esse piuma, come po' esse fero...". A un suo cenno elegante del capo punto fisso gli occhi del cameriere.

«Due spritz grazie!» farò un piccolo strappo alla regola.

«Col Campari o con l'Aperol?» mi chiede lui.

«Col Campari!» rispondo io, sottintendendo la parola "ovvio!". Ho idea di quale sia la differenza? Non credo proprio, ma mi hanno insegnato che è sempre meglio far credere di avere delle opinioni.

Il cameriere si allontana scodinzolando mentre io e Viola iniziamo a parlare per un tempo indefinito che potrebbe essere due minuti come due giorni di fila. Parliamo del più e del meno senza mai aprire il cassetto dei ricordi. Il passato è un terreno che non ci concediamo di esplorare. È come se avessimo tacitamente firmato un accordo che ci vieta di scavare a più di un mese di profondità da oggi. Una specie di "patto di non rimembranza".

Mi concentro per offrirle il miglior finto-me-stesso possibile, e le parlo di film che non ho visto, libri che non ho letto, viaggi che non ho fatto, cercando di sembrare naturale e a mio agio mentre ho il cervello in trincea, nascosto dietro sacchi di sabbia immaginari, a ripararsi dal bombardamento di flash scombinati dei nostri anni passati insieme. Mi chiedo se stia facendo lo stesso sforzo anche lei. Sta di fatto che continuiamo a galleggiare in superficie, perché i mostri che strisciano in fondo al mare ci fanno troppa paura.

Mi sembra bella come non mai, e ogni volta che scuote la testa per scrollarsi i lunghi capelli dalle spalle una ventata di Baby Johnson si libera nell'aria e mi riempie le narici, facendomi sbavare, in una specie di riflesso pavloviano. Sto raccontando del mio orticello nella casa di campagna e delle immense soddisfazioni che ti dà poterti nutrire dei prodotti della tua terra, quando Viola rompe gli indugi.

«Mi spiace non essere potuta passare dall'ospedale...» lascia cadere sulla discussione, interrompendo la mia apologia delle carote OGM.

Vengo colto alla sprovvista, lo sa. «No, no... figurati...» bofonchio cercando di recuperare quel tempo necessario a organizzare una contro-argomentazione. Potrei stare sul chi vive, ma quando sei con le spalle al muro la miglior difesa è l'attacco.

«... che poi non è che non hai potuto, non hai voluto...» sibilo, simulando disinvoltura.

Il silenzio che segue è pesante come un macigno, ma lo sguardo che Viola mi tiene addosso è il monte Bianco tutto intero. È un misto di sdegno, delusione, e sforzo di non mettersi a urlare.

«Be'...» sospira mantenendo la calma, «a ogni modo, volevo solo dirti che mi dispiace...» e si gira ad accogliere con un sorriso il cameriere che nel frattempo sta disponendo sul nostro tavolino sottobicchieri, bicchieri traboccanti liquido rosso e vaschette di noccioline americane e olive. La situazione è chiara. Lei non vuole litigare, io sì. Lei pensa veramente che possiamo risolverla con una bella risata, come una specie di "constatazione amichevole amorosa", in cui ognuna delle due parti coinvolte disegna sulla carta quadrettata i suoi meriti e le sue colpe, si cerca di capire come si sia arrivati allo scontro, e ognuno si assume tranquillamente le sue responsabilità con una bella stretta di mano. Per chi mi ha preso? Aspetto che il cameriere si allontani.

«Ti dispiace... ho capito bene? Ti dispiace...» vorrei essere in grado di dire di più, ma non mi esce nulla di particolarmente ficcante. Nella mia mente l'avrei annichilita con parole, teorie palesemente logiche e svariati insulti.

«Bene, bene... felice di saperlo... che ti spiaccia, intendo... grazie, grazie mille...» sto stringendo il bicchiere con tanta forza che ho quasi paura che mi esploda fra le mani e per un secondo mi immagino il palmo trafitto da una miriade di schegge al gusto di Campari.

«Anche se, e scusami se te lo dico, scusami tanto, se ti fosse veramente spiaciuto magari un salto per sapere come stavo lo avresti fatto... non ero in un ospedale per soli uomini, sai?» Ora, cosa cazzo vuol dire *non ero in un ospedale per soli uomini*? Nulla. Voleva essere una battuta? Stavo cercando di fare il sostenuto? Non vuol dire proprio un bel niente *non ero in un ospedale per soli uomini*. È solo il segno evidente dell'inconsistenza e della confusione dei miei pensieri e Viola sembra averlo capito perfettamente a giudicare dallo sguardo interdetto che mi sta regalando impietosita. Io non ho il coraggio di guardarla e resto fintamente concentrato su un nocciolo d'oliva, masticato e gettato nel posacenere. L'istinto principale è quello di mettermi a piangere dalla vergogna, ma è in questi momenti che la vera merda deve essere pronta a dare il meglio di sé.

«Io mi sono buttato da quel cazzo di ponte per colpa tua! Capito? Per colpa tua!» le getto in faccia a denti stretti, col tono della voce dapprima sommesso nella parte del tuffo del ponte e poi sempre più deciso nella parte della patria potestà della colpa. La storia della colpa, tra l'altro, l'ho ripetuta due volte per essere sicuro che capisse bene di chi fosse. Sua, solo sua. Mi ha lasciato lei, ed è sacrosanto che se ne assuma la responsabilità, che abbia almeno la decenza di non pretendere di incontrarmi solo per sapere come sto e ripulirsi la coscienza dopo non essere nemmeno venuta a guardarmi in faccia in ospedale. La guardo morsicarsi il labbro, nervosa, mentre i suoi occhi perdono di espressione perché il cervello è impegnato a domandarsi come io abbia mai potuto dirle una cosa del genere. Sono anche sicuro che per un attimo, immediatamente dopo, viene assalita dal dubbio che abbia ragione io. La situazione è tesa. Il tuo ex fidanzato ti ha sbattuto in faccia la sua follia, la sua debolezza, il suo squilibrio, la sua rabbia e la sua quasi morte, e guardandoti negli occhi ti ha appena dato la colpa per tutto quanto.

È un colpo che avrebbe fatto scricchiolare l'osso del collo, mandandolo al tappeto, persino a Mike Tyson. Viola, invece, cercava ancora di opporre resistenza, respingendo in gola a fatica qualcosa che non riuscivo nemmeno a immaginare. Che stupida. Bastava che iniziasse a piangere e mi sarei afflosciato sulla sedia come un pisello arrogante e duro dopo un orgasmo. Ma lei, invece, niente. Il labbro inferiore nel frattempo si era divincolato dalla presa dei suoi denti perfettamente bianchi e ora vibrava di vita propria totalmente fuori controllo. "Piangi, piangi e uccidimi." Sapevo che se avesse iniziato a piangere non sarei riuscito a tener botta, ma sapevo anche che era così maledettamente orgogliosa che le sue palpebre non avrebbero spremuto una sola goccia.

Stavo pregando che non scoppiasse in lacrime proprio ora e la sedia iniziava a scottare sotto il mio culo. Non rimaneva troppo tempo prima di dovermi alzare e andarmene. Da vincitore. Il labbro, sempre quel suo labbro, l'unica cosa su cui riuscivo a concentrarmi in questo momento, stava lentamente contagiando tutto il resto del corpo. Ora le tremava anche l'angolo dell'occhio destro, il collo, le mani. Il ballo di san Vito si stava diffondendo a macchia d'olio. Era il segnale che stava per crollare ed era la mia ultima occasione per tagliare la corda.

«Forse è meglio che vada...» le dico con ritrovata calma mentre i suoi occhi, invece di seguire la mia figura che si alza dalla sedia, restano fissi nel vuoto.

«Non so nemmeno perché ho accettato di venirci, qui...» sono le mie ultime parole prima di lasciare sul tavolo venti euro per il conto, in uno slancio di cafonaggine di cui non mi sarei mai creduto capace, e girare i tacchi.

Faccio un paio di passi e la sua voce mi gela.

«Come puoi comportarti così...» Un soffio di paura mi gela il collo. «Come puoi comportarti così, dopo tutto quel che mi hai fatto?» sbiascica a fatica, prima di essere sconfitta dalla voglia di esplodere in un doloroso pianto soffocato dal pudore.

Sono in piedi immobile a metà strada tra Viola e l'uscita del locale, e riesco solo a preoccuparmi imbarazzato che nessuno mi stia vedendo abbandonare al tavolo una donna in lacrime. Non dico niente, mentre nella mia testa rimbalza la sua frase come una pallina impazzita.

Dopo tutto quello che mi hai fatto mi ha detto.

Dopo tutto quello che le ho fatto.

Già, ultimamente non mi ero soffermato troppo a pensarci su.

Adocchio la scritta verde USCITA DI SICUREZZA su una porta nera con il maniglione antipanico rosso.

Devo scappare da qui dentro.

Il gene Stuntman

Qualcosa in effetti gliel'avevo fatto.

Certe idee non sai come ti vengano. Ma a cosa cazzo stavo pensando? Chi mi credevo di essere? Se ne accorgerà. Se ne accorgerà di sicuro. Alla fine, quell'odore di fumo misto a deodorante che emanano i suoi capelli e i suoi vestiti resterà impregnato nelle nostre lenzuola. E se anche togliessi le lenzuola per lavarle, cosa che comunque la farebbe insospettire, una traccia di rossetto lascerà un alone sul bordo di un bicchiere. E se anche pulissi a fondo tutte le stoviglie che restano in casa, quella scema lascerà dietro di sé una scia di quelle stupide forcine per capelli di Hello Kitty che le farciscono la pettinatura e che si nasconderanno negli angoli più impensabili, una vicino al lavandino, una sul comodino, una per terra sul tappeto, una sopra il televisore... e non le troverò mai tutte.

"E queste di chi sono?" mi chiederà tenendo una forcina rosa in mano.

"Boh? E io che ne so? Saranno tue!" tenterei invano di farle credere, con la voce tremula di chi si sente già spacciato.

"Impossibile, io odio Hello Kitty." Già, Viola odia Hello Kitty. Particolare ben più importante del dato che lei non indossi affatto, mai, forcine per capelli. E a quel punto sarebbe bagarre. Parapiglia. A quel punto tanto vale che mi rassegni a perderla per sempre.

"Vattene da questa casaaa!" mi urlerà contro. E non importa se questa è casa mia. Sarà talmente incazzata che mi obbligherà a far su i miei stracci e a rogitarle l'appartamento. Finirò a vivere sotto i ponti.

Forse sono ancora in tempo per mandarla via. Tecnicamente, finora non è successo nulla di sconveniente. Stando al regolamento, la mia coscienza è ancora pulita come il culo di un bambino, continuo a ripetermi camminando nervosamente avanti e indietro per il mio salotto come un padre in sala d'attesa per la nascita del suo primo figlio. Appena esce dal bagno la caccio. Mi invento una scusa, una qualunque. "Non mi sento troppo bene" o "non mi ero reso conto dell'ora, domani mi devo alzare presto". Certo mi prenderà per frocio, ma tanto chi la conosce. La accompagno di sotto, le faccio fare tre giri su se stessa e la infilo in macchina. Fatta com'è, non si ricorderà nemmeno la mia faccia. Giuro, appena esce dal bagno la caccio. A proposito, ma quanto cazzo ci mette a uscire da quel bagno?

Ho incontrato Lindsay qualche tempo fa, alla festa di laurea di un mio amico. Viola era andata dai suoi per il weekend e così ci sono andato con Dery che in macchina, lungo il tragitto, è riuscito a partorire un'altra delle sue teorie, sicuramente più adatte a uno che è rimasto sotto agli acidi quando aveva sedici anni, che al mio timido ex compagno del liceo diventato poi il mio commercialista. Ma ormai non mi stupisco più di nulla e inizio quasi a trovarle interessanti.

«Sai che ti dico?»

«Cosa?» gli rispondo con malcelata superiorità, fingendo che non me ne possa fregar di meno.

«Il Chianti non esiste!»

Gli scoppio a ridere in faccia sorpreso dalla sacralità nel tono della sua sentenza.

«In che senso *non esiste*?»

«Nell'unico senso possibile» mi fa lui, come se quello fuori di testa fossi io.

«Cioè, stai negando l'esistenza di un prodotto reale? Del vino? O di tutta l'area geografica?»

«La prima che hai detto. Del prodotto reale» e resta in attesa che lo implori di proseguire. Decido di non farlo attendere.

«Cioè tu pensi che le bottiglie di vino sulle tavole di milioni di persone in tutto il mondo non esistano?»

«No, le bottiglie esistono. Esistono eccome. È il Chianti all'interno che non può esistere.»

«E, di grazia, perché mai?»

«Hai centrato tu stesso il punto. Il Chianti, o quello che ci vogliono far passare come Chianti...» sottolinea in tono cospiratore «... viene venduto in tutto il mondo, dall'America al Giappone, dall'Europa alla Cina. Milioni di miliardi di bottiglie ogni anno. Hai presente quanto è grossa l'area del Chianti? Hai presente?» mi incalza.

«Be', sarà più o meno...»

«Così! Ecco com'è grossa. Così!» mi interrompe formando con le dita un minuscolo buchino tra il pollice e l'indice.

«Nemmeno se tutta l'Italia, invece che un misto di pianura, montagne, fiumi e laghi, fosse un enorme vigneto, sarebbe grande abbastanza da rendere credibili i litri e litri e litri di vinaccio che vogliono far passare per Chianti!»

Come ogni volta, per quanto folle sia il suo discorso, riesce a insinuarmi un piccolo germe di dubbio.

«Ma ne sei sicuro?»

«No, ovvio che no! Non ho mica fatto delle misurazioni. È un'intuizione. Molto valida tra l'altro, se posso permettermi...»

«Be', se è solo un'intuizione allora perch...»

«No, no! No! Non è *solo* un'intuizione. È un'intuizione. È il punto di partenza per una possibile nuova scoperta. Dovremmo approfondirla, non credi? Ci prendiamo un mese di tempo quest'estate e facciamo sopralluoghi, controlli, intervistiamo qualche viticoltore... solleviamo un vespaio, capisci? Potremmo anche farci dei soldi...»

Il concetto di *fare soldi* mi ha sempre affascinato moltissimo. Fare soldi dal nulla, intendo, partendo semplicemente da un'intuizione. Forse perché io non ne sono in grado. Per quel che riguarda me, e per quello che ha sempre riguardato i miei genitori e i genitori dei miei genitori, l'unico modo per fare i soldi è sempre stato rompersi la schiena per qualcuno che te li desse, questi soldi. Nessuna intuizione, nessun investimento, nessun rischio. Solo lavoro, accumulo e mattone, quando va bene. Insomma, la New Economy è una festa alla quale non sono stato invitato. Devo rassegnarmi al fatto che non sarò mai il ragazzo che una sera, bevendo una birra con gli amici, verrà folgorato dal pensiero che al mondo serva un motore di ricerca per mettere un po' d'ordine tra tutte le informazioni che vagano per internet. Quello è il ragazzo che inventerà Google. Io, al massimo, posso essere il ragazzo di fianco, quello che gli scriverà qualche slogan divertente per la sua campagna pubblicitaria e si farà offrire qualche birretta. E il motivo è semplice, lo conosco io e lo conosce pure Dery.

«... ma tanto cosa te lo dico a fare... a te manca il gene Stuntman...»

Odio non avere il gene Stuntman.

«Sei sempre così razionale, controllato... non ti vuoi concedere il rischio di fare una cazzata, sapendo che stai facendo una cazzata. Non ti prendi mai un rischio... mai! Che palle!»

E non mi guarda più in faccia, tenendo lo sguardo fisso davanti a sé, oltre il parabrezza, con le luci dei lampioni che gli segnano il volto, una dopo l'altra man mano che gli sfrecciano di fianco. Mantiene le braccia rigide sul volante in una posa tanto teatrale e marcata quanto comprensibile ed efficace a tagliarmi fuori dalla discussione. Non ho armi per controbattere le sue accuse, quindi sfodero l'unica mossa che mi resta per liberarmi dallo scacco: alzo a manetta l'autoradio e resto in silenzio fino a quando arriviamo alla festa.

Il posto è il classico american bar che piace alla gente che piace. L'arredamento è volutamente minimal chic, di quelli che a uno sprovveduto come me possono addirittura sembrare di arrogante design, ma che invece è il probabile frutto di una modesta giornata di ricerca all'Ikea. La clientela è piuttosto giovane, tendente ai trent'anni ma non oltre, e sta tutta raggruppata intorno al bancone del bar. Appese ai muri rossi e illuminate dal taglio sapiente di un faretto ciascuna, stanno delle orrende stampe dei dodici segni zodiacali. Cerco velocemente il mio segno tra le dodici tele, ma faccio fatica a capire quale sia. Lungo il perimetro delle pareti sono disposti in apparente disordine una decina di divanetti di pelle nera sui quali una massa indistinta di pettinature bizzarre e vestiti di marca sta stravaccata con le scarpe di vernice appoggiate ai tavolini bianchi, bassi e luccicanti. Non esattamente nel mezzo, ma di certo in una posizione preferenziale rispetto agli altri, sta il tavolino del mio amico Sebastian, che quando arriviamo è concentrato a stappare una bottiglia di spumante, abbracciato alla sua fidanzata che se ne sta tutta sorridente con un paio di flûte in mano, pronta a non sprecare nemmeno una goccia del prezioso nettare.

In fondo a destra presumo ci sia il bagno, vista la processione di nasi che entrano ed escono come formichine dalla porta basculante rossa e poco illuminata nell'angolo della stanza. L'impianto stereo riversa a volume altissimo musica degna di una puntata di *The Club*. Proviamo a farci largo tra il gruppo di amici di Sebastian che però si sono stretti intorno al tavolino con i calici alzati bramando un goccio di spumante gratis con la stessa foga con cui immagino i popoli africani di fronte ai sacchi di riso e farina portati dall'Onu. Spintono a destra e a sinistra, ricevo in cambio qualche occhiataccia, un paio di insulti e una mezza gomitata sul labbro superiore, ma riesco quasi a raggiungere il tavolo di Sebastian.

«Sebaaa!» niente.

«Seeeebaaaa!» prova Dery, niente.

«Seeeebaaaaaaa!» questa volta insieme. Manco per il cazzo.

Avanzo ancora di qualche centimetro e ritento raccogliendo più fiato possibile.

«Seeeebaaaaaaaaaa!» sto quasi per avere un collasso polmonare, ma questa volta sono riuscito a catturare la sua attenzione.

«Ciao rigà!»

«Congratulazioni!»

«Eh?» fa lui stringendo gli occhi e portandosi una mano all'orecchio.

«Congratulazioniiiii!» mi fa eco Dery.

«Ah! Sì, sì! Grazie! Tenete!» e ci allunga una mano farcita da una decina di free drink. Questo è il massimo dell'attenzione che ci dedicherà Seba durante tutta la serata. Tanto meglio, Seba ci è sempre stato un po' sui coglioni e comunque ora abbiamo libero accesso al bar.

Ordinare le prime due o tre consumazioni è stato parecchio difficile, considerando la quantità disumana di gente accalcata intorno al bancone e la lentezza dei baristi che invece di riempire celermente bicchieri di Coca e rum offrendo un vero servizio alla clientela, preferiscono farsi volteggiare bottiglie di vodka sopra la testa come fanno i punkabbestia con i birilli al parco Sempione. Voglio solo il mio gin tonic, se avessi voluto vedere qualcuno lanciarsi per aria delle bottiglie sarei andato al circo, o a una riunione del mio condominio. Per fortuna, con il passare delle ore, la folla scema e l'acido lattico nelle braccia dei baristi comincia a farsi sentire, per cui avere il proprio drink è diventato assai più facile. E col senno di poi non so se sia stata una fortuna o meno.

«Ma a te non ti dispiace non aver finito l'università?» mi chiede Dery squarciando il cazzeggio della nostra serata con una sciabolata di serietà.

«Per poi fare una festa di merda come questa? No, non mi spiace per niente!»

«No, dico veramente... cioè, sì... resta sempre un pezzo di carta da appendere in bagno, però magari ti sarebbe utile, no?»

Ci penso un attimo su, giocherellando con il sottobicchiere della mia birra.

«Diciamo che non rimpiango di non aver finito l'università che avevo scelto. Ormai, lo vedi, si laureano cani e porci... tu, per esempio...»

«Ma vaffanculo, va!»

«No, seriamente... mi piacerebbe iscrivermi di nuovo, ma a una facoltà seria... che ne so, storia magari!»

«Ammazza, punti proprio ai soldi tu eh?»

«Ma cosa c'entrano i soldi... Contassero i soldi allora avrei fatto bene a lasciare l'università, visto che mi avevano offerto un ottimo posto di lavoro! Prendi Pierini, che era in corso con me. Lui si è laureato e adesso sta lavorando nella gelateria del padre...»

«Sì ma non è questo il punto, è che...»

«Ciao!» ci interrompe una voce femminile con un marcato accento americano. Ci voltiamo a tempo e incontriamo lo sguardo dopato di questa ragazza bionda con i capelli raccolti in una coda di cavallo che le sbatte contro la schiena mentre lei, con la testa, tiene il ritmo dell'orrendo pezzo dance in diffusione nel locale. Sta mordicchiando una cannuccia nera e la mascella possente disegna una curva ben definita sul suo profilo a ogni pressione. Ha le labbra secche, ma carnose. Le pupille sembrano quelle di una mucca. L'immagine di quella cannuccia torturata come il cappuccio di una penna bic e la sensazione di un immediato bisogno di sesso orale sono un tutt'uno.

«Ciao, posso passare? Can I...» e fa segno di tuffarsi con le mani giunte tra noi due per arrivare al bancone. Le facciamo istintivamente spazio ma non possiamo fare a meno di notare che eravamo sì d'intralcio sulla sua strada, ma anche gli unici ormai rimasti seduti di fronte al bancone, e che quindi avrebbe potuto tranquillamente aggirarci, evitando di sporgersi in avanti. Scavalca col busto le nostre gambe incrociate scoprendo un inflazionato tatuaggio tribale appena sopra il sedere. L'immagine di quella banale macchia d'inchiostro sopra la forma perfettamente tondeggiante del suo culo e la sensazione di un immediato bisogno di sesso anale sono un tutt'uno.

«Ciao io sono Andrea!» si presenta Dery mentre lei è

ancora girata di spalle impegnata a flirtare con il barista funambolo.

«Ciao! Linds. Sono di America, scusa mio italiano...»

«No, no! È ottimo, tranquilla. Lo parli molto meglio di alcuni miei amici italiani» gli risponde lui come da copione, senza provare un minimo senso di disagio per la banalità della sua battuta.

«Bella festa, uh?» chiede scandagliando l'intera sala attraverso le sue pupille bovine.

«Già, già! Uno sballo! Eh, Ale?» conferma Dery coinvolgendomi nella discussione e richiamandomi dall'aldilà. Mi sono assentato mentalmente per un secondo, o forse un'ora, come se fossi stato colto da una specie di sindrome di Stendhal di fronte a quell'opera d'arte che profuma di Neutro Roberts e parla come Don Lurio. Ci metto un attimo a ricostruire il filo del discorso. Mi è addirittura sembrato che Dery abbia usato l'espressione «uno sballo!» a un certo punto della discussione. Forse sono stato teletrasportato negli anni Ottanta senza accorgermene.

«Come? Come dite?» balbetto.

«No, dicevamo... È proprio una bella festa no? Gente giusta...» A me la festa fa cagare. A Dery anche. Ha usato l'espressione «gente giusta». Questa volta l'ho sentito. Ne sono sicuro. Quanti anni vuol far credere di avere? Sedici? Ho la sensazione che stia cercando di fare il simpatico.

«Insomma, bella... non mi pare...» rispondo senza staccarle gli occhi di dosso fregandomene del rischio di sembrare un maniaco psicopatico. Ha anche un tatuaggio all'interno del braccio sinistro che all'inizio non avevo notato. Un drago orientale sta mordendo una pergamena con su scritto LOVE IS PAIN. Mi chiedo che cosa ne saprà mai, lei.

«Ma che vuoi saperne tu?» mi sbeffeggia Dery, dando quasi voce al pensiero. «Tu da quando sei fidanzato non ti sai più divertire! Lui non si sa più divertire...» confida sconsolato alla nostra nuova amica *from de iuessei*. Io sbuffo nel vuoto. Lei osserva curiosa da qualche minuto lo spettacolo privato che le stiamo offrendo.

«Ma è giusto così, sai?» continua il mio compare, anche lui visibilmente ebbro. «Hai messo la testa a posto! Ha messo la testa a posto!» dice a me, poi dice a lei, indicandomi con la bottiglia di birra che stringe per il collo come una gallina. «Comunque adesso devo andare a pisc... devo andare in bagno! I beg you pardon...» la informa, omaggiandola di un inchino, prima di avviarsi verso la porta basculante rossa.

Uscito di scena il giullare, mi sento impacciato e a disagio e sto per congedarmi quando lei riattacca bottone.

«Se lo vuoi sapere, io anche non mi piace questo party...»

Il mio figometro attacca a vibrare violentemente. Lei sta fissando il vuoto, senza dare tregua alla cannuccia che continua a stringere tra i suoi dentini bianchi e che ha ridotto ormai a un lembo informe di plastica. Le scappa un rutto che non riesce a trattenere e che le sconquassa tutto il corpo. Attacca a ridere sguaiata, fiera della sua performance. La sua totale mancanza di eleganza e femminilità non mi infastidisce minimamente. Strano. Anzi, mi eccita.

«I'm sorry!» dice coprendosi la bocca con la mano. In ritardo.

«No problem. Cosa fai dopo?»

«Ancora non so. Tu?»

«Non so nemmeno io. Ti va se usciamo fuori?» le chiedo senza quasi rendermene conto, come se qualcuno stesse manovrando le mie corde vocali contro la mia volontà. Sono fuori controllo, ma poco importa adesso perché lei fa cenno di sì con la testa. Balzo giù dallo sgabello sul quale ero appollaiato da troppo tempo. In un solo colpo prendo l'iniziativa e la sua mano e la trascino dietro di me fendendo la folla, cercando di aprirmi un varco verso l'uscita.

Di solito, arrivato a questo punto sento una vocina dentro la testa che mi ricorda che sono fidanzato, e mi impedisce di fare cazzate. Solitamente il guardiano del mio culo mi avvisa che sto rischiando di mandare tutto a puttane e mi convince a lasciar perdere. Questa volta non sento niente. Niente di niente. Non sento più la musica, la gente, i bicchieri che si scontrano in noiosissimi brindisi, il barista che mi viene a sbattere addosso e gli ubriachi che urlano *dottore, dottore, dottore nel buco del cù, vaffancù vaffancù...* Non sento nemmeno la voce di Dery che uscendo dal bagno tenta di fermarmi. Accelero il passo e mi ritrovo fuori con lei.

«Ti va se andiamo da me?» le chiedo. Lei annuisce ancora una volta. A chi è che manca il gene Stuntman, adesso? Eh?

La porta del mio bagno di casa si apre dopo un quarto d'ora abbondante e quella che ne esce è la versione Super Sayan di Lindsay. Qualunque cosa abbia fatto in bagno l'ha veramente rimessa in pista.

«Tutto bene?» le chiedo preoccupato forse più per me che per lei. Annuisce una decina di volte toccandosi ripetutamente il naso e inspirando violentemente.

«Sei sicura che non ti faccia male il collo? Perché la macchina ha preso una bella botta...»

Uscendo dal locale eravamo saliti sulla sua Mini Cooper e nonostante avessi lungamente insistito per guidare, non aveva voluto sentire ragioni. Durante il tragitto non aveva smesso un minuto di parlare a mitraglietta ma non ricordo una sola parola del fiume di stronzate italo-americane che le erano uscite dalla bocca. Avevo cercato di offrirle un discreto finto-interesse, ma ero troppo impegnato a realizzare cosa stessi facendo e a farmela sotto dalla paura di essere scoperto, dopo quei dieci minuti iniziali di sprezzante sicurezza. Sotto casa, parcheggiando, aveva tatuato il parafango della sua Mini contro quello di una Kia Picanto che sonnecchiava inerme quattro metri avanti. La sua vernice aveva disegnato un orizzonte rosso sulla carrozzeria blu metallizzato della povera Kia parcheggiata a bordo strada. Lindsay era scesa come se nulla fosse senza prendersi nemmeno la briga di dare una controllatina al danno procurato.

«Forse avremmo dovuto lasciare un bigliettino al proprietario» suggerisco in uno slancio di educazione civica che non mi si addice, soprattutto in quel momento. «Nella mia via le macchine si conoscono tutte...» lascio cadere nel vuoto. Ma cosa parlo a fare?

Lindsay non mi caga di striscio e si avventa sul frigorifero. Trova una lattina di birra e se la apre.

«Sono così... drunk...» sbiascica. «I'm sooo fucking drunk!!!» urla.

«E sei sicura che una birra sia la soluzione migliore?» le chiedo a volume bassissimo, ormai calato nella parte del redentore. Vigliacco.

«Seeeee... seeeeee... tranquilo! Chill, chill! Scusa per urlo! Sono come mia madre» decide di confidarmi. Evidentemente le ispiro fiducia. «When I'm drunk... I clic!» e mentre lo dice, appoggiata al bancone della cucina, si gira una manovella immaginaria vicino alla tempia con un'espressione da cliente della neuro. Ora temo seriamente per la mia incolumità e ringrazio Dio per non aver acquistato i coltelli Miracle Blade nonostante la pubblicità dello Chef Tony fosse super allettante. Tagliare lattine di Coca-Cola come fossero entrecôte è un lusso a cui vale la pena rinunciare se ciò significa salvarsi la vita, penso.

«E quindi dovrei preoccuparmi, visto che al locale ti sei bevuta quattro mojito?»

«Nhaaaa.... quelo è alchool chiaro... Sai quale diferenza between alchool chiaro e quello negro?»

«Non saprei... quello negro ha il ritmo nel sangue?» domando con un sarcasmo che mi sembra non venga minimamente considerato.

«Nhaaa... alchool chiaro is good! Quelo del diablo, quelo catìvo, è quelo scuro!»

Ah, ora sono molto più tranquillo.

«Be', sì ok... però credo che ora sia meglio andare... la birra te la lasc...»

Non riesco a terminare la frase che mi salta addosso ficcandomi la lingua in bocca. Indietreggio di un paio di metri senza però riuscire a staccarmela di dosso. Non riesco a sopportare la veemenza del suo bacio e mentre lascio che mi stupri la bocca penso che ormai il danno è fatto. Da qua non si tornerà più indietro. In questo istante la mia vita è cambiata. Da ora, sono un traditore.

La sua lingua mi striscia lungo il collo. «Volio tua anima!» mi rantola nell'orecchio con un tono di voce che si era abbassato di almeno tre ottave negli ultimi venti minuti. Questa è pazza. Mi spinge fino al divano e inizia a spogliarmi. Sono vittima di mille contraddizioni. Inizio a spogliarla anche io, ma non vorrei. Mi sento in colpa, ma penso anche che potendo ormai considerarmi una merda a tutti gli effetti, tanto vale andare fino in fondo. Lindsay mi eccita da impazzire, ma il fatto che sia palesemente tossica e ubriaca mi provoca un acceso disgusto. Nei suoi occhi c'è il demonio che mi saluta. Mi fa paura. Sono a torso nudo e mi pianta le unghie nella schiena lasciando un lungo solco rosso sangue. "Sono finito" penso. Allora tanto vale che mi faccia fare tre succhiotti sul collo. Le levo i pantaloni e mi blocco davanti a una bruciatura che le avvolge tutta la coscia. Resto in silenzio, ma lei, evidentemente abituata, risponde alla domanda che è rimasta imprigionata nel mio cervello.

«È mio ex boyfriend!»

«Cioè, ha provato a darti fuoco?» le chiedo esplodendo in una risata che sa tanto di isteria.

«Ma nooo! Con acqua calda facendo da mangiare!» mi spiega oltremodo divertita dal suo aneddoto.

Non me la bevo e sono sempre più terrorizzato. Da lei, da me, dal suo ex boyfriend.

Si sistema più comoda appoggiando la schiena alla pelle fredda che riveste il divano e divarica le gambe. Mi appoggio su di lei, le lascio scivolare due dita dentro e poco dopo mi ritraggo trascinandola verso di me. Le faccio passare il braccio intorno al collo per portarla a me e lei mi abbraccia stringendomi forte. Lo fanno tutte. Pensano che il braccio intorno al collo sia un gesto di affetto. Quasi nessuna si accorge che sto solo cercando di annusarmi le dita. Il suo odore ha l'effetto dell'etere. Abbatte le ultime resistenze del mio cervello. Il resto del corpo si era abbandonato al peccato già da un pezzo. Per dieci minuti sono felice. Tanto felice. Poi vorrei che si aprisse sotto di me una voragine che mi inghiottisse ma so che non me la caverò con così poco. La mia punizione sarà quella di continuare a vivere. Le faccio capire che dovrebbe andarsene, senza curarmi troppo della forma. Lei è troppo stonata per farmi sentire uno stronzo. È troppo fatta per dirmelo. Chiudo la porta senza nemmeno aspettare che entri nell'ascensore e torno a letto illudendomi di riuscire a dormire. Accendo il telefono che avevo spento in preda al panico. Vibra di due nuovi messaggi ricevuti. Uno è di Viola, l'altro è di Dery.

"Non mi ricordavo quanto fossero snervanti i miei. Sono distrutta. Vado a nanna, buonanotte amore mio, dormi bene" dice il primo.

"Ma ti sei rincoglionito?" dice l'altro.

"Sì!" rispondo guardando il telefono. Cazzo, se ce l'ho il gene Stuntman.

Il vaso di Pandora

Platone diceva che l'uomo prova vergogna solo quando ha paura di essere scoperto. Dio solo sa quanto aveva ragione e quanta vergogna io abbia provato per quello che ho fatto. L'aspetto però che il buon vecchio Plato non ha voluto sviscerare è che una volta che sei stato scoperto, una volta che il vaso di Pandora si è rotto e tutto il male del mondo ne è fuoriuscito, la vergogna ti dimentichi che cosa sia. La notte in cui ho tradito Viola non sono riuscito a chiudere occhio. Il giorno dopo ho fatto fatica a guardarmi allo specchio e ogni volta che lo facevo non vedevo altro se non il ritratto di una merda. La sera dopo avevo la stanchezza arretrata dalla precedente, quindi il sonno ha avuto la meglio sui sensi di colpa e sono riuscito a dormire più facilmente. Forse ho anche sognato. Il giorno seguente, a meno di quarantotto ore dal fattaccio, stavo già mandando un messaggio a Lucrezia Giovani, una mia ex compagna di università che ai tempi aveva una specie di cotta per me e che io non avevo potuto consumare. È difficile provare a descrivere il meccanismo che è scattato nella mia testa dopo che la mia fedina penale del perfetto fidanzato era stata irreversibilmente insozzata. Potrei dire che sarebbe stupido finire in galera per mille lire e allora se proprio devo giocarmi la vita, tanto vale farlo per la cifra più alta possibile, ma questo ragionamento traccerebbe un profilo di me stesso fin troppo equilibrato.

Invece non so proprio che dire. Viola diceva sempre che noi uomini non siamo affidabili perché ragioniamo solo con la Cazza (sì, lei la chiama *Cazza*, con la A finale. Se non è femminismo estremo questo...) ma a me era sempre sembrato un ragionamento un po' troppo semplicistico, che facesse un po' di tutta l'erba un fascio, e controbattevo che anche loro ragionano col basso ventre, essendo uterine e quindi ciclicamente instabili. Ma lei non voleva sentire ragioni e ribatteva che le donne non sono uterine, ma "intime". Io annuivo con la testa facendo segno di capire. Mentivo. Ma ora il muro delle mie certezze sta iniziando a scricchiolare, e sono costantemente colto dal panico agrodolce di dover ammettere che forse aveva ragione lei. Non sarà mica che continuiamo a considerarci le più complesse tra le creature del Signore quando poi la verità è che se abbassiamo appena il livello di guardia e vediamo un centimetro di pelle femminile scoperta non riusciamo più a tenercelo nelle mutande nemmeno se ce lo leghiamo?

Pochi giorni dopo il tradimento chiamo Viola al telefono per proporle di uscire a cena, invece di restare chiusi in casa come due sequestrati, e la sento strana, con la voce sospettosamente fredda. Aveva già scoperto tutto, non ho capito mai come e chi è stata la gola profonda, ma dopo le sceneggiate di rito lei è stata piuttosto veloce nel fare un bagaglio di fortuna e chiudersi la porta di casa mia alle spalle. A mio favore, va detto che le ho risparmiato il patetico tentativo di provare a negare l'evidenza. A mio sfavore, va detto che sono stato anch'io piuttosto veloce a far cadere le mie colpe in prescrizione e mi sono sentito immediatamente leggero, soddisfatto, assetato di vita. Che coglione. Da lì in poi ho iniziato a inanellare una serie di avventure più o meno soddisfacenti, più o meno deprimenti, più o meno tragiche e alcune di queste mi rimarranno nel cuore e sulla pelle, credo, per sempre.

Sicuramente mi ricorderò di Monica, e non solo perché è stata la prima della mia nuova vita, l'occasione di perdere la mia nuova verginità. Bella, mora, e con quella carnagione olivastra che vedi solo appiccicata ai corpi delle modelle brasiliane e che faceva risaltare il bianco dei suoi denti perfetti, creando una luce accecante a ogni suo sorriso. Me ne ricorderò nonostante la nostra storia sia durata in tutto non più di quattro ore. Chiacchiere di circostanza, spostamenti in auto nel traffico e imbarazzo post-coitale compresi. Appena dopo la rottura con Viola, sofferenza a parte, l'unica sensazione che ricordo in maniera chiara e nitida è il desiderio, se non proprio la smania, se non addirittura l'ossessione, di rifarmi del tempo "perduto" e trombare qualunque forma di vita dotata di reggiseno che mi si presentasse a tiro. Dopo anni di monogamia mi sentivo ingordo di nuove avventure, il mio appetito era vispo come una faina e tutti i ricettori del mio corpo erano come antenne puntate verso nuovi stimoli. Mentre un inverno di frutta secca mi stava scivolando addosso, già pregustavo una nuova estate ricca di delicati profumi e sapori dolciastri. Avevo chiuso con noccioline, mandorle e pistacchi. Desideravo solo affondare i denti dentro pesche, fragole e albicocche, lasciandomi solcare le guance dal loro succo appiccicoso. Per questo, appena ho visto Monica sono stato immediatamente travolto dal desiderio di farla mia. Volevo conquistarla. Avevo un obiettivo ed ero determinato a raggiungerlo. Mi ripetevo che se volevo, potevo averla. Lei come simbolo di tutte le donne. Le avrò tutte. Avrò il mondo intero se voglio, e non si fanno prigionieri. Nessuno mi potrà fermare. Nemmeno voi, carini, voi con il vostro senso del pudore che non perdete occasione di sbattercelo in faccia a ogni occasione! No, no! Levatevelo pure dalla testa! Sarò inarrestabile, un martello con le gambe lanciato verso la gloria imperitura. Annetterò l'Austria, invaderò la Polonia e morirò in un bunker a Berlino se sarà necessario. Il mio destino aveva intrapreso un nuovo corso.

Monica lavorava da poco alla pizzeria d'asporto sotto casa mia. Ci vado da quando abito a Milano, quattro anni più o meno, e in quattro anni mi sono presentato a ritirare la pizza quasi ogni mercoledì sera con un nome diverso. Quando al telefono prenotavo la mia margherita doppia mozzarella con olive nere, ogni volta che mi chiedevano di lasciare il mio nome ne inventavo uno fittizio. Non so perché. All'inizio lo trovavo divertente.

«Il signor Gargiulo... margherita per Gargiulo...» e io alzavo timidamente la mano e mi facevo largo tra padri di famiglia, single incalliti o coppiette di anziani pensionati ridendo sotto i baffi perché sapevo che loro non immaginavano nemmeno che quello non fosse il mio vero nome. Perché avrebbero dovuto? È una cosa proprio stupida, in effetti, ma a me divertiva moltissimo. La volta dopo ero Paniatti, o Menci, o Savoldi, o Cesconi... e i pizzaioli mi salutavano sempre come se mi vedessero per la prima volta. Mi sentivo come Superpippo che bastava che mettesse il mantellino e nessuno lo riconosceva più, anche se non nego che dopo un po' avrei preferito essere scoperto e additato come un idiota piuttosto che subire la loro indifferenza volta dopo volta.

Decisi allora di alzare l'asticella del rischio e lasciarmi percorrere la schiena dal brivido dell'imprevisto. Passai ai cognomi buffi, che avrebbero dovuto far maggior presa nella memoria dei pizzaioli: Chiappetta, Petus, Cacchisi, Bruttello, Di Procida, Asfalti... niente da fare. Certo, ad alcuni fra gli astanti scappava una risatina, oppure qualcuno si dava di gomito, ma per i pizzaioli ero sempre uno qualunque. Forse la mia era solo una timida richiesta di attenzioni, come quella di chi tenta di suicidarsi con i barbiturici ma prima avvisa l'ospedale e prenota l'ambulanza: so solo che a un certo punto ho percepito il bisogno di essere smascherato. Ero diventato prigioniero del mio giocattolino. Ormai era come una droga alla quale ero totalmente assuefatto e non sapevo più come uscire dal tunnel.

La mia ultima spiaggia era passare ai cognomi soft-core, quelli sessualmente ammiccanti, e così feci. Imena, Glandi, Tetta, Vagi, Gay, Stupri... nulla, di nulla, di nulla! Fino a che una sera, mentre stavo pagando, la nuova cassiera che avevo già visto non più di due volte mi fa:

«Non è che hai cinquanta centesimi così ti do cinque di resto?»

«Mhhh... mi sa di no...» le dico mentre con una mano reggo il cartone della pizza e con l'altra fingo di frugarmi con cura le tasche, nonostante sapessi benissimo di non avere moneta. Giusto per farle vedere che almeno ci avevo provato.

«No, niente...» confermo, cercando di sottolineare con una smorfia il mio disappunto «mi spiace!»

«Non c'è problema. Quattro e cinquanta a te. Ma... Senti, tu di cognome non ti chiami veramente Cazzo? Vero?»

EssialodatoGesùCristo/sempresialodato!

«Sì, be'... no, in effetti no...» forse l'indifferenza ricevuta fino a oggi non era poi così male.

«Ah... 'nfatti... dicevo io...» mi risponde sottintendendo: "E allora perché ti vuoi umiliare così?".

«Ma è il cognome da nubile di mia mamma» mi sento in dovere di aggiungere prontamente, «e... sai, le sono molto affezionato...»

«Ah... ok...» mi risponde, sottintendendo: "E non ti basterebbe tenere una sua foto nel portafoglio come fanno tutti?".

Da allora abbiamo iniziato a salutarci con costanza e a entrare gradualmente in confidenza. Niente di troppo profondo, ma ho da subito avuto la sensazione che provasse un certo interesse nei miei confronti. Sai mai, *nomen omen* o roba del genere. Comunque, come dicevo, l'ho desiderata dal primo istante e quando una sera, mentre ero uscito per riconsegnare alcune videocassette, l'ho trovata appena fuori dal mio portone a litigare con la catena del lucchetto del suo motorino, mi è sembrata un'occasione troppo ghiotta per essere vera. Mi sono rimboccata le maniche, ho infilato il bavaglio nel colletto della camicia e ho iniziato a sfregare forchetta e coltello. Forse, dentro di me, ho anche ululato.

«Come ladra di motorini non sembri un granché...» quasi le bisbiglio cercando di non spaventarla. Lei si volta e mi trova col sedere appoggiato a un pilone di cemento, come se fossi lì da ore a scannerizzarla, in posizione di finta nonchalance con le braccia incrociate sul petto e le gambe accavallate.

«Ciaoooo!» mi fa, senza lesinare sulla coda finale di "oooo".

«Hai bisogno di aiuto?»

«No, no... cioè, sì... boh...» si stringe nelle spalle e io la tramortisco con uno sguardo carico di decisa comprensione. «È che non trovo le chiavi del lucchetto, ho guardato dappertutto, e se non rompo la catena sono bloccata qua...»

Quando mi delinea lo scenario resto fermo, impassibile, fingendo di stare comodo mentre il pilone su cui sono seduto mi sta scavando un buco aggiuntivo tra le chiappe. Il motorino, un Grillo della Piaggio, è legato con un lucchetto di plastica sottile al paletto di metallo di un cartello di divieto di sosta.

«Sai che avevo lo stesso motorino anche io da ragazzino? Pensavo non li facessero nemmeno più...» le confido mentre mi avvicino per controllare meglio la situazione.

«Sì be', probabilmente infatti non ne fanno più... questo l'ho ereditato da mio fratello più grande...»

«Già...» sospiro paziente, come se fosse un'informazione utile. Nel frattempo ci siamo tacitamente scambiati di posto e ora io sono accovacciato di fronte al suo Grillo mentre lei si è fatta qualche passo più indietro in segno di reverenziale fiducia nel mio intervento. Tengo la sottile cintura di plastica che imprigiona quella specie di bicicletta a motore tra l'indice e il pollice, tastandola come a verificarne la consistenza. Se nessuno le ha mai rubato quel rottame di motorino non è certo per merito del lucchetto. Qualunque ragazzino di tredici anni, anche solo mediamente tamarro, glielo farebbe saltare, volendo, a occhi chiusi. Forse potrei farlo addirittura io. Mi volto verso di lei scuotendo la testa, con la drammaticità negli occhi di un primario costretto a diagnosticare la leucemia a un bambino orfano il giorno di Natale.

«È più incasinato del previsto...» mento. «Mi sa che questo bolide dovrà rimanere parcheggiato qua sta notte!»

«Nooo, cazzoooo!» urla pestando i piedi, ancora una volta senza badare a spese in fatto di "ooooooo". «E adesso come facciooooooo!» Dico sul serio, come se le "ooooo" fossero gratis.

«Be'...» la interrompo guardandomi intorno in maniera piuttosto teatrale, «se mi dici dove abiti posso darti uno strappo io...»

«Veramente?» mi chiede iniziando a sentirsi rincuorata.

«Sì, direi di sì... a casa o... dove devi andare, magari hai un appuntamento, o cose del genere...»

«Ma no, che appuntamento... dovrei pure studiare... ma mi accompagni veramente?»

«L'ho appena detto... certo! Se ti fidi, ovvio» e le strizzo l'occhiolino come da copione. Il sorriso che mi restituisce fa sembrare questa scena così prevedibile, falsa, patetica e stucchevole che per un istante mi sembra di essere finito dentro un libro di Moccia.

Le faccio strada verso la macchina e la invito a salire aprendole la portiera con una galanteria che si adatta perfettamente al registro di esagerazione di tutta la scena. Mi comunica il suo indirizzo e, non avendolo mai sentito prima, sono costretto a tirare fuori da sotto il sedile quello che rimane di un vecchio Tuttocittà. Tra un brandello di carta unta e l'altro, riesco a individuare la zona verso cui mi devo dirigere e che valuto approssimativamente a venti minuti di distanza. All'interno dell'abitacolo l'imbarazzo di entrambi è notevole per cui mi sento in dovere di sciogliere un po' il ghiaccio con domande generiche e per nulla impegnative, tipo «e quindi da quando lavori qua?», «e hai sempre vissuto a Milano?», «oh, questa canzone è una bomba, ti piace il soul?», «sei mai venuta a mangiare qua? Fanno dei panini devastanti!» e via dicendo. Anche lei si lascia andare e inizia finalmente a partecipare attivamente alla discussione, sguinzagliando leggero leggero e senza pensarci due volte, subito un bel carico da novanta.

«E tu sei fidanzato?» mi domanda stavolta senza "ooooo" in eccesso. Diretta e decisa, la sua domanda mi coglie totalmente e inspiegabilmente alla sprovvista e sussulto nel mio sedile come se avessi appena investito un gatto.

«Domanda sbagliata?»

«Eh? No, no... macché... no, non sono fidanzato...»

«E allora perché ci hai dovuto pensare su?» Non lo so. Magari perché è una novità e mi ci devo ancora abituare, come quando arriva l'anno nuovo e ti chiedono di scrivere la data su un foglio e sei costretto a concentrarti bene, per non rischiare di confonderti con l'anno a cui ti eri abituato ma che ormai è passato e non tornerà più. O forse, solo perché è la prima volta che qualcuno me lo domanda da quando ci siamo lasciati, e ammetterlo ad alta voce lo rende terribilmente reale.

«No, scusa, ero solo concentrato sulla strada e non stavo ascoltando... forse dovevo girare prima?»

«No, giusto di qua... sei sicuro?»

«Di cosa?»

«Che non sei fidanzato, perché io non voglio più avere niente a che fare con ragazzi fidanzati!» si sente in dovere di mettere subito in chiaro, mentre cerca non so cosa nella sua borsetta fucsia. Trovo questa precisazione un po' fuori luogo e decisamente infantile, ma decido di soprassedere cercando di concentrarmi più che altro sul fatto che ha già deciso che avrebbe avuto *a che fare* con me. Qua c'è il rischio di portare a casa il risultato al primo turno.

«E come mai non sei fidanzato?» Mi sento pressato dalle sue domande ingiustificatamente troppo intime.

«Mi sono lasciato da poco...» le rispondo cercando un'intonazione che non la invogli a proseguire nel discorso. Resto in attesa del mio destino per qualche secondo pregando mentalmente che non mi chieda perché. Non chiedermelo, non chiedermelo, non farlo, ti prego non farlo... Forse si è già annoiata e infatti soprassiede. Non mi ha chiesto il perché, sono salvo, non avrei saputo cosa risponderle e avrei fatto la figura dello scemo. Non mi ha chiesto il perché, meno male. Non mi ha chiesto il perché. Già, ma perché? Perché l'ho tradita? È possibile che non sia ancora riuscito a trovare una risposta e il mio cervello sia ancora ossessionato da questa domanda? Forse abbiamo chiesto troppo l'uno all'altra. Non ci siamo accontentati. Forse perché ci siamo ostinati a cercare la perfezione. Si può essere più stupidi? Come quando attacchi un adesivo sul frigorifero. Più l'adesivo è grande, e importante, e avvolgente, più c'è il rischio che stendendolo rimangano delle bollicine d'aria intrappolate sotto, che ne rendono la superficie imperfetta. È abbastanza ovvio, ma tu non ti rassegni, perché quello è l'adesivo più bello e grande e avvolgente della tua vita e tu l'hai scelto proprio per il tuo frigo e non vuoi nemmeno prendere in considerazione l'ipotesi di una stupida bollicina d'aria che ne deturpi l'armonia e la forma perfetta. E allora lo togli e lo riattacchi e poi lo ritogli e poi lo riattacchi ancora e ogni volta la situazione peggiora e peggiora, ma tu non ti arrendi e decidi di intervenire con la forza, puntando i piedi, alzando la voce. Vediamo chi la spunterà! Prendi un ago e buchi tutte le bolle, combatti tutte le imperfezioni, ti accanisci contro l'inevitabile e quando hai finito la tua opera fai qualche passo indietro, ti allontani per avere una visione d'insieme del risultato delle tue fatiche. Cerchi un quadro totale della situazione e vedi il tuo bell'adesivo distrutto, butterato dai segni della tua mano e irrimediabilmente rovinato. E quando capisci che il danno è irreversibile non ci vuoi credere. Non riesci a credere di aver rovinato consapevolmente qualcosa a cui tenevi così tanto, e di colpo, paragonate allo scempio che si è delineato davanti ai tuoi occhi, quelle bollicine non sembrano nemmeno poi così insopportabili. Forse è questo quello che è successo a noi. Forse avremmo dovuto difendere le nostre bollicine d'aria. O forse dovrei semplicemente smetterla di parlare per metafore e passare oltre.

«E io vengo in piscina qua!» mi ridesta Monica con questa imprescindibile informazione, indicando un palazzone grigio con l'indice fuori dal finestrino. «Io nuoto te l'ho detto? L'hanno prossimo l'allenatore ha detto che sarei pronta per le gare nazionali!»

«A quanto pare ho soccorso una campioncina, stasera...»

«Ma no...» minimizza lei. «È solo uno sport, un divertimento... tu fai sport?»

«Ho giocato parecchi anni a calcio, interregionale per un po'... quasi professionismo, poi sai con il lavoro... ho dovuto fare delle scelte, ecco...» le racconto con orgoglio.

«Cheppalle il calcio! Non capisco cosa ci sia di divertente nel guardare...» Allarme rosso! Ti prego, non dire ventidue-scemi-in-mutande-che-corrono-dietro-a-un-pallone.

«...ventidue scemi in mutande che corrono dietro a un pallone!»

Sbircio nella sua direzione con la coda dell'occhio. È orgogliosa. Si sente furba, provocatoria, pungente. Si sente una donna che dice le cose come stanno, lei. Vorrei spiegarle che il calcio è molto di più, che il calcio è metafora di vita, che il calcio ha radici sociali che il suo nuoto del cazzo nemmeno se le sogna. Vorrei spiegarle che il calcio ha fermato delle guerre, ha provocato rivoluzioni, ha dato gioie a milioni di sconosciuti che lei non sarà mai in grado di dare nemmeno a suo figlio, e più di ogni altra cosa vorrei farle sapere chiaramente, una volta per tutte, che il gol di Grosso ai Mondiali contro la Germania è meglio di qualunque orgasmo che una donna possa mai credere di regalare a un uomo, ma il suo sguardo tronfio da il-calcio-è-uno-sport-da-ritardati, fiero della banalità che ha appena sostenuto, mi fa persino passare la voglia. La mia mano destra appoggiata sul cambio viene percorsa da un fremito che la spinge a chiudersi a pugno e a stringere così forte che il sangue fatica a passare. Devo ricorrere a tutta la cavalleria che mi è propria per trattenere il gomito dallo scattare in autonomia e distendere il braccio a molla, frantumandole il naso con un colpo di nocche ben assestato.

«Be', ci sono milioni di persone in giro per il mondo che sostengono il contrario...» mi oppongo pacato.

«Boh... vabbe'... io lo trovo noiosissimo...»

E allora sarà entusiasmante il tuo nuoto del cazzo! Uomini con costumi ridicoli e donne con costumi troppo coprenti che fanno avanti e indietro per una vasca piena d'acqua. E il brutto è che sanno tutti nuotare! Quindi sei costretto a guardarli andare da una parte all'altra con la rassegnata consapevolezza che nessuno di loro affogherà mai! Almeno nella Formula Uno ci sono gli incidenti! Volete rendere il nuoto uno sport divertente? Riempite la vasca di piranha, nuotatori di sto cazzo!

«Be', ma il nuoto non rovina il fisico se fatto a livello agonistico? Cioè si diventa degli armadi tutti scoordinati, no?» provo a scalfire il suo entusiasmo giocandomi la carta del disastro anatomico. «Soprattutto nelle ragazze, ho sentito dire...» tiè beccati questa.

«Io lo faccio da quando ho sei anni e mi sento benissimo...»

E allora ammazzati. Per fortuna senza quasi rendermene conto siamo arrivati sotto casa sua e il suo invito a salire con la precisazione che «questo weekend sono a casa da sola...» mi ha immediatamente rimesso in pace col mondo femminile e spinto a benedire la sua coinquilina, o coinquilino, o fratello o chiunque abiti con lei per la scelta di essersi levato dalle balle.

Mentre ci avviamo per raggiungere il portone d'ingresso lascio che sia lei a fare strada e la osservo camminare elegante, godendomi appieno il momento, dato che finora l'avevo vista solo dietro il bancone della pizzeria o accovacciata davanti al suo motorino. Il culo, quindi, restava un'incognita. Tutto ok, nel complesso. È appena più bassa di me, quindi piuttosto alta per una ragazza e non avendoglielo ancora chiesto decido di stabilire la sua età intorno ai venticinque, forse ventisei anni. I suoi fianchi sono aggraziati e ondeggiano a un ritmo inudibile ma preciso, i capelli lisci, lunghi e splendenti nonostante la giornata di lavoro trascorsa di fronte a un forno a legna le accarezzano la schiena dondolando a ogni falcata. L'abbigliamento volutamente adolescenziale, come va tanto di moda tra le trentenni di adesso, apre squarci di birichine fantasie nella mia mente. Chiusi, stretti dentro l'ascensore, riduco sapientemente lo spazio già limitato che ci separa per aumentare la tensione erotica, ma senza strafare, con la calma olimpica di chi sente il risultato già acquisito e non si sente in obbligo di forzare i tempi. Sulla soglia di casa, con la porta già aperta, Monica tentenna per un secondo tastando il muro all'interno in cerca dell'interruttore della luce e io ne approfitto per stabilire il primo contatto appoggiandole la mia mano destra su un lembo di pelle scoperta tra la cintura dei suoi jeans e il bordo della maglietta extrastretta che la impacchetta a dovere. Quando la luce si accende resto un po' spiazzato dallo scenario nel quale vengo catapultato. È una casa vecchia, arredata con maturità, che non si concede a nessuna di quelle frivolezze che mi sarei aspettato di trovare in casa di una venticinquenne. I mobili sono di legno scuro e intagliato e di fronte all'ingresso c'è un'enorme credenza con ante a vetro a fare da scudo a un ripiano zeppo di cristalleria e servizi di piatti e posate. La cucina a vista sembra molto vissuta ma comunque in ordine, tipico delle brave cuoche, e per un attimo faccio il passo più lungo della gamba pensando che sono felice che a Monica piaccia cucinare.

Dopo essersi levata la giacca e averla buttata sul divano avvolto da un lenzuolo pieno di peli bianchi, probabilmente di un gatto, appoggia le chiavi su una mensola e i miei occhi, guidati dalle orecchie, seguono in automatico il rumore di ferraglia che ne consegue. Le chiavi hanno sbattuto contro una serie di cornici, alcune grandi, alcune piccole, alcune rettangolari, altre tonde, che evidenziano una serie di fotografie in cui Monica è la regina indiscussa, sempre sorridente, accanto probabilmente ai suoi genitori. In una foto la mamma e il papà la abbracciano mentre lei guarda imbarazzata verso l'obiettivo e si sistema in testa una piccola coroncina di fiori bianchi che fanno pendant con un lungo abito bianco. Probabilmente è la foto della sua prima comunione e resto a fissarla per un secondo con quel sorriso mezzo accennato che ti si stampa tenero in faccia quando vedi la foto da piccolo di un tuo amico. Lei, in fondo, non è nemmeno cambiata poi così tanto da allora. Mentre cerco di calcolare mentalmente quanti anni possano essere passati da quella foto, dodici? quindici?, una mano mi afferra per la cintura e mi tira delicatamente a sé. Non ho bisogno d'altro per capire dove stiamo andando a finire e inclino dolcemente la testa di lato per incontrare la sua bocca senza ficcarle il naso dentro a un occhio. Ci baciamo per qualche minuto in piedi, e più cerco di mantenere una certa distanza tra il mio bacino e il suo, imbarazzato per l'erezione che si sta sviluppando dentro i miei jeans, più lei si accanisce e mi stringe a sé. Finiamo sul divano, non per mia scelta, e l'unico pensiero su cui riesco a concentrarmi sono i peli bianchi del gatto che mi rimarranno appiccicati al maglione nero che indosso.

"Chissà se sono allergico?" mi chiedo. Credo di no, ma ho letto recentemente che nuove allergie possono spuntare in qualunque momento e non siamo mai al sicuro.

«Ti va se ci spostiamo di là?» le propongo tentando di mascherare l'ansia da pelo di gatto. Lei mi sorride.

«Non perdi tempo tu eh...»

«Eh, eh...» le rispondo, senza riuscire a stabilire nemmeno io cosa volessi intendere con quel "eh eh".

Ci trasciniamo per un lungo corridoio buio sbattendo tra un muro e l'altro: mi sento come in uno di quegli scivoli acquatici tutti chiusi dove capisci che ti stai muovendo ma non hai idea di quando arriverà l'uscita. Percepisco solo la presenza di altre cornici fotografiche appese ai muri sulle quali avevo sbattuto prima la schiena e poi la testa.

All'improvviso si apre una porta e ci ritroviamo a letto. Domando se c'è una lampada o qualcosa del genere ma Monica preferisce stare al buio. È un atteggiamento che mi ha sempre insospettito, anche se devo dire che era da un po' che non mi capitava una richiesta del genere. È più un ricordo legato all'imbarazzo delle prime volte, a diciott'anni o giù di lì. Inizio a spogliarla facendole scorrere la maglietta sopra la testa e slacciandole il reggiseno con un unico colpo secco che nemmeno Fonzie. Quasi uno schiocco di dita e il gancetto dietro la schiena le salta come un pop corn. Lei fa lo stesso con me, reggiseno a parte ovviamente, e appena le affondo deciso una manata a coppa sui seni... ahhhhh... le mancava una tetta! Cioè una era normale, dell'altra aveva solo il capezzolo. Due dimensioni totalmente diverse che al tatto risultavano insostenibili.

Mi ricordo che Viola mi aveva raccontato che tutte le donne hanno in realtà un seno più grosso dell'altro, ma non avevo mai visto niente di simile. Come se a destra avesse una terza e a sinistra una... non lo so... una buca. Ah! Dev'essere colpa del nuoto, penso soddisfatto mentre continuo a tastarle i seni cercando di non trascurare quello inesistente per non metterla in imbarazzo. Faccio comunque durare il momento ti-stropiccio-un-po'-le-tette meno del solito, e passo al momento ti-slaccio-i-jeans-e-giocherello-malandrino-con-l'elastico-delle-mutandine con qualche minuto d'anticipo sulla mia abituale tabella di marcia. Da lì a poco siamo nudi e facciamo l'amore.

Alla fine della performance ho già deciso che non si ripeterà più. Non mi è piaciuto per nulla. Troppo meccanica lei, senza passione, troppo violenta con quelle cazzo di unghiette smaltate che ci teneva a conficcarmi nella carne del petto e, la nota più stonata di tutte, quella simulazione di turpiloquio che ha accennato nel punto cruciale della sessione. Mi ha chiamato bastardo. Cazzo vuoi, mono-tetta?

Ho accampato immediatamente futili motivazioni per levarmi di torno il più in fretta possibile e mentre rivestendomi sto già valutando se vicino a casa mia ci sia un'altra pizzeria da asporto nella quale andare da mercoledì prossimo pur di evitarla, Monica interrompe il silenzio.

«Meno male che i miei hanno la passione della montagna e nel weekend si sciacquano dalle palle!»

Avrei voluto farle una veloce ramanzina, redarguirla e farle notare che dovrebbe avere più rispetto per i suoi genitori ma mi sembrava una perdita di tempo. Ma soprattutto: «Ah, vivi ancora con i tuoi genitori?» le domando stupito.

«Be'... ancora...» mi risponde lei come a farmi notare che ho detto una cazzata. Intanto inizio a capire il perché di quell'arredamento da cinquantenne...

«No, sai... pensavo vivessi con un coinquilino, o una coinquilina...»

«Mah... non che mi dispiaccia l'idea, ma è ancora un po' presto...»

«Sì, effettivamente poi con quello che costano gli affitti... non so quanto ti pagano in pizzeria, ma so che i prezzi degli appartamenti sono veramente cari... e poi mi dicevi che studi anche no?»

«Già, non vedo l'ora di finire!»

«Immagino, anche perché insisto, non per farti i conti in tasca, ma anche la retta sarà una mazzata...»

«Non lo so, ma credo che non ci sia una retta da pagare, è il resto che costa... i libri, lo zaino... i diari! Sai quanto costa la Smemo? Quasi venti euro...»

Mi sento paranoico. Come se mi rendessi conto che qualcosa non torna ma non capissi cosa. Quella sgradevole sensazione di aver lasciato il gas aperto in casa, il giorno in cui sei partito per le vacanze. Annuso istintivamente l'aria. Niente gas. Io, comunque, la Smemo ho smesso di comprarla più di dieci anni fa e c'erano ancora le lire. Penso: "Ha detto 'domani devo studiare' o 'domani devo fare i compiti'?".

«Come, non paghi la retta?» le domando stranamente innervosito.

«Boh... dovresti chiedere ai miei... io non so bene, è una scuola pubblica.»

Penso: "*L'anno prossimo sono pronta per le gare nazionali*". Un po' tardino, a venticinque anni o giù di lì, per essere una giovane promessa.

«Sì be', ma anche se è un'università pubblica si dovrà pure pagare una retta, no?» le chiedo quasi pregandola di rispondermi di sì, e intanto penso ai discorsi in macchina. Penso al suo abbigliamento da finta teenager. O era piuttosto un tentativo malriuscito di sembrare più grande? Faccio mente locale per ricordarmi l'istante esatto in cui le ho chiesto quanti anni avesse. Niente. Mi sforzo, ma niente. Vuoi vedere che fra tutte le domande che le ho fatto, questa me la sono scordata?

«Università?» mi fa lei. «Ma guarda che io faccio ancora il classico eh...»

Ho caldo. Subito dopo ho freddo. Poi forse ancora caldo, ma ormai non importa più.

«Scusa. Monica. Ma tu. Quanti. Anni. Hai? E-sat-ta-men-te?»

La stanza crea una strana eco. O forse è solo una mia impressione. Lei mi guarda trattenendo a fatica una risata come se fosse abituata a leggere questo panico negli occhi di un uomo. Come se fosse perfettamente conscia della deflagrazione che la verità sbattuta in faccia cruda ed esplicita è in grado di procurare.

«Quindici!»

Nella versione cinematografica di questa scena il montaggio sarebbe vertiginoso, ai limiti dell'epilessia, e poi di colpo, a sottolinearne il lato tragicomico, un improvviso stacco a nero che avrebbe dovuto lasciare lo spettatore appeso a un filo nella speranza che si impersonifichi nell'angoscia del protagonista. Cioè, io. Il frame successivo riprenderebbe la mia immagine con le cinture di sicurezza ben allacciate mentre sfreccio in quella notte milanese di inizio primavera con le mani ben salde sul volante. All'esterno il mondo è peccaminoso e incontrollabile mentre nell'abitacolo della mia automobile tutto appare ovattato e benedetto da un'incomprensibile sensazione di quiete. La mia tranquillità, che può sembrare irragionevole, è in realtà una specie di rassegnata resa e diventa piuttosto difficile rinunciare all'autocommiserazione. Io dovrei essere fidanzato con Viola. Io dovrei scioccare i miei amici annunciandogli che tra un mese mi sposo con Viola. Io dovrei abbracciare mia madre in lacrime dopo averle annunciato che sta per diventare nonna, perché io sto per avere un figlio. Con Viola, ovviamente. E invece sono in macchina con le palle svuotate in fuga dalla casa di una minorenne. Mi sento in colpa, anche se non sono sicuro che sia per il motivo giusto.

"Con questa mi sono giocato il paradiso!" ecco a cosa sto pensando mentre lancio occhiate impostate verso lo specchietto retrovisore solo per darmi un tono. Un giorno mi troverò al cospetto di san Pietro e non avrò il coraggio di guardarlo negli occhi mentre lui, fiducioso, fischiettando, sarà impegnato a scorrere velocemente la mia fedina penale terrena.

"Firulììì, firulàààà.... Mi sembra tutto nella norma..." mi informa appoggiandomi paterno una mano sulla spalla.

"Siiì... siiì, tutta roba da nulla. Peccati veniali... qualche furtarello alla Standa da ragazzino, ma chi di noi non l'ha fatto? Atti di bullismo moderato alle medie, ocheeei ocheeei..." minimizza iniziando a frugarsi nelle tasche della tunica alla ricerca delle chiavi per il regno dei cieli.

"Un paio di tradimenti al liceo, niente di grave figliuolo, niente di grave... un altro tradimento, un altro ancora... ancora un altro... ehi ragazzo ci davi dentro eh?" e mi strizza l'occhiolino in segno di rispetto, invidia e orgoglio allo stesso tempo. Sento tintinnare le chiavi nella sua mano. Ha trovato quella giusta e sta per infilarla dentro la toppa della porta del paradiso, mentre io provo a essere il più naturale possibile per non destare sospetti, mantenendo la calma mentre la tensione che ci aleggia intorno si taglia con la motosega. Sta dando un'ultima svogliata lettura alla mia storia. Il paradiso è a un passo.

"Bene, caro figlio di Dio, direi che ci siamo. Questa è la tua chiave, 313, al terzo piano. Gli ascensori sono dopo la piscina sulla destra. Le ragazze nude della reception verranno a prendere le tue valige e te le lasceranno direttamente in camera. La chiave basta passarla davanti alla fotocellula e la porta si aprirà automat.... Cooooosa?"

Lo sapevo.

"Ti sei scopato una quindicenne? È qui in fondo, scritto in piccolo... Pensavi di tenermelo nascosto eh?" Ora il suo sguardo è acceso d'odio. "E una settimana dopo che la tua ragazza ti aveva lasciato perché tu la tradivi, per di più?"

La situazione si fa pesante.

"Non è che la tradivo. È capitato solo una v..."

"Come osi? Cercare scuse infantili non ti salverà dalla punizione che millenni di cultura cattolica ti hanno ormai insegnato a temere. Tu hai peccato! E per questo brucerai all'infernoooooo!" E una botola si aprirà sotto i miei piedi, e mentre la sua voce si farà sempre più lontana, senza per questo perdere la sua capacità di farmi pentire per ogni peccato commesso, mi sento precipitare sempre più in basso e mi sento inerme, e colpevole, e solo, e colpevole e ripenso a tutto il male che ho fatto nella mia vita. Penso a tutto il male del mondo e me ne faccio carico. Lo sento mio. Lo porto sulle spalle, pesante come la croce di Gesù Cristo. Anzi di più, perché il mio sacrificio sarà completamente inutile e non porterà a nulla di buono. Io non toglierò i peccati dal mondo e neppure vi libererò dal male. Non riesco a liberare nemmeno me stesso, figuriamoci se posso pensare anche a voi. Il vaso di Pandora sono in realtà proprio io, e in questo preciso istante mi sono frantumato a terra.

Nat Nat

Prolungare certi incontri anche solo cinque minuti più del dovuto può portare a conseguenze devastanti. Sono passato in ufficio nel tardo pomeriggio, solo per farmi vedere un po' in giro, dato che l'ultimo show da terza serata è stato accettato e prodotto, pur se con qualche ritocco, e ho quindi guadagnato una piccola scorta di stima extra da parte dei piani alti, convertibile in quel tanto di ossigeno sufficiente a non dover emergere a tutti i costi in superficie. Devo fare giusto un paio di telefonate di lavoro, scroccarne altre private, controllare qualche mail e buttare un occhio alla tabella delle nuove consegne, così, giusto in caso venga colpito da un'illuminazione improvvisa come davanti alla *Pietà* di Michelangelo.

Sono anche tornato in possesso di un posto fisso nell'ufficio al quarto piano, un piano piuttosto ambito da tutti gli altri assunti. Il motivo principale è la presenza di grandi finestroni affacciati su piazza del Duomo che fanno sembrare la Madunina talmente vicina da poterle dare un cinque col palmo della mano ben aperto e permettono al sole di illuminare le scrivanie con una luce quasi newyorkese. Piuttosto che niente, è meglio piuttosto. Niente a che vedere comunque con il secondo e terzo piano e quei lunghi corridoi blu che ti fanno salire l'ansia da ospedale ogni volta che strisci il badge ai cancelli d'ingresso. Divido l'ufficio, ironia della sorte, con un nuovo affiliato, tale Giovanni Robotto. Giovanni, oltre a essere il ragazzo che mi ha fregato la scrivania al mio rientro dopo l'ospedale, è un giovane fresco di università, laureato a pieni voti con lode, che è entrato in azienda come stagista ma si è prontamente guadagnato la stima dei capi al punto di essere promosso da addetto alle fotocopie a vice-responsabile dei contenuti editoriali nel giro di qualche mese, in seguito a un paio di produzioni azzeccate in cui, pur essendo un novellino, si è dimostrato all'altezza dei veterani. Questo curriculum invidiabile non lo aiuta certo a farsi degli amici nel settore. Se fino al suo ultimo giorno da porta-caffè era considerato da tutti un giovane e innocuo ragazzo di campagna giunto in città per imparare umilmente il nostro esclusivo mestiere e all'occorrenza mandare qualche fax, dal suo primo giorno da responsabile è diventato un lecchino, strafottente, presuntuoso, senza scrupoli, arrampicatore sociale, gay, pedofilo, comunista o fascista a seconda dei casi, merda, schifo e infettivo.

Ad aggravare la sua posizione, poi, c'è il suo aspetto fisico. Giovanni è bello. Ma non di quelle bellezze scontate e un po' frocette. Ha una bellezza carica di personalità e se lo si guarda da una certa angolatura è uguale spiccicato a Robbie Williams. Le donne del nostro studio sbrodolano quando lo incrociano per i corridoi, e se qualcuna si ferma a parlare con lui per più di cinque minuti, dopo può lanciare le mutande sul soffitto e queste resterebbero appiccicate lassù all'infinito.

Noi uomini lo odiavamo. Tutti. Ovviamente nessuno glielo ha mai detto apertamente, ma il ragazzo è sveglio abbastanza da capirlo da solo. In più, a causa del suo cognome, una frangia di estremisti di cui faccio ovviamente parte ha smesso di parlargli normalmente, e quando Robotto ci rivolge una domanda diretta ci limitiamo a ripetere a pappagallo la domanda in questione ma con la voce dei robottini dei cartoni animati, muovendoci come i ballerini di breakdance.

«Sapete a che ora è la riunione col direttore?» ci chiede, per esempio.

«Sa-pe-te-a-che-ora-è-la-riu-nio-ne?» rispondiamo muovendoci a scatti. E giù risate.

«Dài ragazzi, sono serio. Sapete a che ora è?» prova a stare al gioco.

«Dài-ra-gaz-zi-so-no-Ro-bot-to-e-so-no-se-ri-o. Sa-pe-te-a-che-ora-è?» e giù risate.

«Ok, molto divertente, ma ho veramente del lavoro da fare, quindi...» tenta di smuovere le nostre coscienze.

«La-vo-ro.» E giù risate.

«Certo che siete proprio stronzi eh? Ma andate affanculo va...» lasciava perdere disgustato.

«Sie-te-pro-prio-stron-zi-eh! Vaf-fan-cu-lo! So-no-Ro-bot-to» e giù risate mentre lo guardiamo allontanarsi. Molto divertente, no?

Oggi pensavo di non correre il rischio di incontrarlo vista l'ora. Anzi, per dirla tutta non pensavo di incontrare proprio nessuno, ma, come dicevo prima, pochi secondi avanti o indietro possono essere determinanti. Entro nell'ufficio cantando in falsetto *Beautiful* di Christina Aguilera. Ho gli occhi chiusi per esigenze di interpretazione e mi accorgo del mio collega solo dopo aver abbondantemente superato il ritornello e aver lanciato a memoria le chiavi della macchina sulla mia scrivania.

«Buonasera signorina!» mi accoglie a sorpresa il Robotto. Dovevo avere la faccia di un tredicenne che viene sorpreso dalla madre a farsi le seghe davanti alla tv.

«Mhpf» grugnisco alzando appena il mento per accennare un saluto.

«Come mai in ufficio? Non vorrai mica guadagnarti lo stipendio, questo mese?» mi domanda sarcastico senza staccare gli occhi dalla tastiera del suo Mac.

«Co-me-mai-in-uffi-cio-gua-da-gni-sti-pen-dio?» gli rispondo quasi in automatico. Robotto questa volta mi fissa, e il suo sguardo è carico di commiserazione. La cosa mi mette a disagio. Anche perché, essendo solo io e lui, mi rendo conto di quanto poco faccia ridere la nostra gag in assenza di un pubblico di parte. Non aggiungo altro e lui fa lo stesso mentre si alza, chiude lo schermo del suo portatile facendolo schioccare verso il basso e se ne va a casa afferrando la giacca senza nemmeno infilarsela. Non siamo certo quello che si può definire un esempio di cortesia tra colleghi ma poco mi importa, e in più finalmente sono solo. Accendo il computer e come prima cosa cerco di connettermi a Facebook. La linea dell'ufficio è piuttosto lenta e per caricare la pagina devo riprovare più volte l'accesso. Sbrigo la posta velocemente e cancello un paio di foto nelle quali ero stato taggato nonostante avessi una faccia da coglione, quando vengo sorpreso dal rumore severo di nocche che sbattono violentemente contro il legno lucido della porta e che mi provoca la reazione istintiva di abbassare la pagina su cui stavo navigando per sostituirla con la home page del sito del "Corriere della Sera".

«Quindi è vero, figa!» squilla carica di sorpresa la voce di Damiano, il mio capo.

«Ciao Damiano. Che cosa?» chiedo cercando di tenere il tono della voce più calmo e neutro possibile, nonostante sappia benissimo che tutto ciò che riesco a trasmettere è principalmente il mio terrore. È una sensazione naturale. Quasi pavloviana. Ogni volta che il capo entra nel mio ufficio con la voce che i padri dei telefilm usano con i loro adorati figliuoli, sotto sotto si nasconde insidiosa una bella inculata.

«Che cosa, *è vero*?» ripeto, non troppo convinto di voler ottenere una risposta.

«Che sei in ufficio, figa... devo ammettere che quando me l'ha detto non ci credevo!»

«Chi gliel'ha detto? Cioè, certo che sono in ufficio, dove dovrei essere? Ma, chi gliel'ha detto?»

«È appena passato Robotto... ha fatto un salto di là da me, prima di andare a casa, figa, e mi ha detto che avevi un po' di lavoro arretrato e pensavi comunque di fermarti qua fino a tardi e che quindi hai dato la tua disponibilità, già che c'eri, per dare un'occhiata alla bozza di scaletta per la serata di beneficenza per i terremotati.»

«Ci sarà una serata per i terremotati?» chiedo senza aver ancora ben centrato il problema.

«Sì figa... la conduce Carlo Conti. Pure i terremotati adesso devono romperci i coglioni... come se non avessimo abbastanza lavoro con Telethon e 30 ore per la vita e manda un messaggino e l'8 per mille e tutte quelle altre minchiate lì da comunisti... sempre beneficenza per gli altri, figa... a noi non ci pensa mai nessuno eh, dico bene?» Era il discorso più cinico, ignorante e sgradevole che avessi mai sentito, ma lì per lì non avevo colpevolmente forza per lottare.

«Certo, certo... dici bene...»

«Be' comunque, mi fai veramente un grande favore, devo ammettere. Mi hai proprio levato da un casino. Grazie, figa.»

Rabbia, distruzione, violenza, birra, dolore, fastidio, rabbia, legno, denti, sangue, rabbia, ossa, morte, rabbia, birra, fine, apocalisse, rabbia, rabbia, rabbia. Resto imbambolato per un attimo cercando di bloccare l'istinto. Tanto ormai era troppo tardi. Cosa potevo fare? Balzare al di là della scrivania e lanciarmi dritto alla gola di Damiano per spezzargli il collo e poi lanciarmi all'inseguimento di quella merda di Robotto in giro per la città? La città è grande, non sarei mai riuscito a trovarlo... Troppo poche probabilità di riuscita per questa missione, e poi quel *grazie*, buttato lì con finta ingenuità e candore alla fine della frase, seguito da quel *figa*, eccessivamente caricato di disperazione, erano la firma sulla mia condanna a morte. Una volta che il capo ti dice grazie, vuol dire che ha preso la sua decisione segnando ineluttabilmente il tuo destino. Vuol dire che ti hanno legato i polsi con il fil di ferro e più cerchi di liberarti più rischi di farti male. Vuol dire che le tue spalle sono al muro e il tuo culo è già diventato un salotto in cui i problemi si sono messi belli comodi e si stanno scolando un Martini alla faccia tua. Cin cin.

«Be'... sì... sì, certo... nessun problema, ci penso io ai terremotati, sono contento di poter firmare l'evento... Anzi, mi ricordi che devo un favore a Robotto...» sospiro mentre scivolo lungo lo schienale della sedia come se il palloncino di me stesso si stesse lentamente sgonfiando.

«Lo farò Alessandro, lo farò figa. Mi fa piacere che almeno voi due abbiate legato. Mi sembra che gli altri siano un po' ostili nei suoi confronti, non vorrei che...» probabilmente stava aggiungendo altre frasi al suo discorso, ma in quel momento ho smesso di ascoltarlo e mi sono concentrato soltanto sul fischio isterico nelle mie orecchie. Non c'erano molte vie di uscita. Avrei dovuto restare in ufficio altre quattro ore almeno. Quando riemergo dall'apnea dovuta allo shock, Damiano non è più sulla soglia e spero che almeno il mio subconscio lo abbia salutato educatamente.

Butto un occhio all'orologio digitale da tavolo che segna le 7:46 p.m. Lo riguardo dopo quelli che mi erano sembrati non più di cinque minuti, ma ora i numerini rossi che lampeggiano sul display nero dicono 8:59 p.m. In quel lasso dilatato di tempo avevo visto un paio di video su YouTube, avevo scoperto con somma delusione che la policy del nostro ufficio pubblicitario aveva bloccato l'ingresso a qualunque sito contenente allusioni alla pornografia, ero rimasto intrappolato in uno scambio epistolare con Dery e il suo ormai inseparabile BlackBerry, avevo dilaniato una rivista di motori che avevo trovato sulla scrivania di Robotto appallottolandone le pagine una dopo l'altra per lanciarle, cercando di fare canestro nel cestino dell'immondizia che avevo posizionato nel lato più lontano della stanza. Avevo, insomma, sprecato un'ora del mio tempo. Dovevo darmi una mossa se volevo uscire di lì in tempo almeno per una birretta della buonanotte, solitaria ma meritata, e sentivo il bisogno di riprendere in pugno la situazione. Come prima decisione della serata, stabilisco che è il momento di un pacchetto di taralli e di un caffè della macchinetta automatica. Frugo nella tasca della giacca in cerca di qualche monetina e mi incammino lungo il corridoio bianco fissando la mia ombra, che mi segue fedele, riflessa sul parquet.

Conoscevo una barzelletta, o meglio, un indovinello sulle ombre e su come non ci si riesca mai a liberare di loro, ma non riuscivo a ricordare esattamente come facesse. Qual è quella cosa che ci sta sempre appiccicata... no, no. Di cosa ha paura chi... No, non faceva nemmeno così... Forse aveva a che fare con gli orari. Qual è quella cosa che al mattino ci sta sempre davanti, a mezzogiorno sparisce, e alla sera ci sta sempre dietro? Ecco, era qualcosa di simile. Non proprio così, forse, ma sentivo di essere sulla strada giusta quando la mia ombra artificiale prodotta dai neon sul pavimento lucidato sparisce all'improvviso. Mi ci stavo concentrando con così tanto impegno, che ci rimango quasi male e mi sento abbandonato. Ero piombato in un'oscurità mitigata solo dalla luce della luna che filtrava attraverso le imponenti finestre. Nel giro di pochi secondi, lungo i muri, iniziano a lampeggiare le luci di emergenza balbettando per qualche attimo prima di accendersi completamente. Ora non ero più al buio, ma nemmeno alla luce. Ero avvolto da un'aura talmente strana, tra il verde e il bluastro, che mi sembrava di stare dentro a un film di Tim Burton. Visto il momentaneo calo di corrente elettrica, come prevedibile, l'ascensore non risponde e scendo al piano di sotto utilizzando le scale dietro la porta nera con il maniglione antipanico, dove solitamente i nicotinomani s'incontrano di nascosto per fumarsi furtivamente la loro dose quotidiana di cancro ai polmoni, e raggiungo a memoria la macchinetta automatica. Ovviamente non funziona nemmeno quella. Mi guardo intorno e non riesco a vedere una sola fonte di energia attiva, una spia rossa, un LED illuminato, una lucina colorata, niente di niente. Solo il rumore del telefono che mi trilla improvvisamente dalla tasca testimonia che stavo vivendo nel Ventunesimo secolo.

«Hai visto che roba?» mi sento chiedere dalla voce di Dery.

«In realtà in questo momento non vedo proprio un cazzo!» rispondo con uno stupefacente tempo comico.

«Fico, eh?» mi fa lui.

Io non ci trovavo proprio niente di fico, a dir la verità, ma non era questo il punto.

«Ma perché, manca la luce anche da te?» domando incuriosito.

«Da me, nel palazzo di fronte, a casa di Giulia, a casa dei miei... praticamente dappertutto!»

«Cioè un blackout totale?» sbotto con fin troppa enfasi. Devo ammetterlo. Effettivamente, a pensarci bene, è piuttosto fico. Quantomeno è qualcosa da raccontare il giorno dopo.

«Essì! Tutti al buio! Niente energia, niente luci, niente allarmi. Ho idea che svaligeranno un bel po' di locali stasera... Pensa come se la sta facendo sotto chi ha un negozio... magari di videoregistratori o cose simili...» fa Dery con voce quasi sognante.

«Nessuno usa più il videoregistratore!» considero ad alta voce.

«Non ha importanza, l'occasione fa l'uomo ladro!» mi risponde dimostrando di non aver centrato il punto della mia obiezione. «La gente si ruberebbe pure i vespasiani dagli autogrill se solo ne avesse la possibilità!» Avrei voluto fargli notare che negli autogrill non ci sono più nemmeno i vespasiani, ma a questo punto sarei stato io a non centrare il punto della questione. Chissà, forse Dery pensa di vivere ancora negli anni Ottanta.

«Non immagini nemmeno quante persone non aspettino altro che una tragedia per trarne vantaggio!» tuona con voce severa.

«Oh la Madonna! Non stai un po' over-reagendo? Una tragedia... è mancata la corrente, niente di grave...» minimizzo.

«Tu o sei scemo, o fai proprio finta di non capire...» mi accusa sconsolato. Non riesco a non scoppiargli a ridere in faccia.

«Ah già... che tu sei quello cospirazionista no? Come con la storia dell'11 Settembre!» gli ricordo ridacchiando. Dery aveva ovviamente una sua teoria anche riguardo l'11 Settembre. Qualche giorno dopo l'attentato voleva convincermi che, approfittando della "confusione", migliaia e migliaia di persone che quel giorno avrebbero dovuto morire nel crollo delle torri gemelle ma che invece si salvarono perché in ritardo al lavoro, o perché avevano bucato una ruota della macchina nel tragitto verso l'ufficio, o perché erano con l'amante, ne approfittarono per far perdere le loro tracce. Sospettava che molti di quei corpi mai recuperati sotto le macerie in realtà, sotto le macerie, non ci siano mai realmente finiti ma abbiano solo colto la palla al balzo per fuggire da una vita che non li soddisfaceva, dai debiti, o da una moglie gelosa. Secondo lui, oggi, questi fuggitivi passeggiano tranquillamente tra di noi sotto falsa identità. Tra tutte le sue teorie, probabilmente una delle più affascinanti. Ma resta comunque una minchiata.

«Vedrai, vedrai al telegiornale domani!» mi dice e mi chiude il telefono in faccia proprio quando la luce bianca di una torcia elettrica prima mi illumina e poi mi acceca, puntandomi dritto negli occhi. Le mie pupille si devono essere accartocciate su se stesse come delle palline di carta stagnola per lo sbalzo di luce.

«Ehi, ehi... Cazzo spegnila!» impreco senza sapere contro chi. «Non ci vedo più cazzo!»

«Ops, scusami, scusami...» mi risponde una voce femminile mentre il fascio accecante si abbassa verso il pavimento. Provo a mettere a fuoco la sagoma che mi trovo davanti ma vedo soltanto qualche ombra e una miriade di pallini rossi e neri danzare in un indefinito bagliore giallastro. Mi premo gli indici contro i bulbi degli occhi così forte da sentire dolore, e appena li riapro i pallini rossi e neri hanno un'impennata di vitalità improvvisa ma per fortuna breve, prima di iniziare a scemare del tutto.

«Scusa... è che pensavo di essere rimasta sola a quest'ora, e...» si giustifica la donna davanti a me avanzando di qualche passo. Le terminazioni nervose dei miei occhi sono ancora sotto shock quando il mio cervello assume il controllo della situazione e mi sbalza improvvisamente indietro di vent'anni con la memoria, quando ero piccolo e frugavo in cerca di qualche spicciolo nelle borsette che mia nonna lasciava incustodite a casa dentro l'armadio della sua camera da letto. La chiave di questo ricordo, lo stargate olfattivo che mi ha riportato a quei giorni di vent'anni fa, è senza dubbio l'odore che mi invadeva le narici ogni volta che spalancavo le maestose ante a specchio di quell'armadio e che stavo inalando nuovamente oggi, davanti alla macchinetta automatica del caffè. È l'odore di quei piccoli sacchetti che mia nonna nascondeva tra i vestiti per evitare che le tarme se li divorassero. Il naso aveva decifrato la presenza misteriosa ancora prima che le orecchie ne avessero riconosciuto la voce e che gli occhi fossero tornati a funzionare correttamente. L'odore di naftalina non lasciava spazio a dubbi.

«Natalina?»

«... e comunque, tra tutti quelli che mi aspettavo di trovare in ufficio fuori orario, tu sei una sorpresa!» mi fa notare, confermando l'intuizione.

«Già, sì be'... è una storia lunga... ma cos'è successo? Dicono che la luce sia sparita dappertutto...»

«Sì, è quello che ho sentito anche io...» conferma Nat Nat. «Ero già in ritardo e ci mancava solo questa...» farfuglia tra sé e sé.

«Avevi un appuntamento con qualcuno?» le domando sperando che il tono non sia eccessivamente sarcastico, mentre zompo con un balzo su un tavolino contro cui sono appena andato a sbattere.

«No, nessun appuntamento...» risponde infastidita facendo crollare le mie speranze, «ma devo finire di controllare dei documenti per Damiano...» aggiunge cercando di farmi pesare la sua professionalità. Il suo zelo, effettivamente, mi mette sempre a disagio. Anzi, tutto di lei mi mette a disagio. Nonostante avessimo più o meno la stessa età, Nat era una di quelle persone che non riuscivo a guardare senza chiedermi come sarei stato io da vecchio, e il profilo che riuscivo a immaginare di me stesso non era mai particolarmente confortante. Probabilmente il sarcasmo ostinato con cui mi sono rivolto a lei in anni e anni di conoscenza è sempre stato un riflesso di questo strano senso di inadeguatezza che provavo quando si trovava nei paraggi. Il suo giudizio mi metteva angoscia. A me, che non me ne frega niente di niente e di nessuno.

«E in più dovrei inviarglieli via fax entro mezzanotte, che voleva dargli un'occhiata...» mi informa lasciando la frase in sospeso per qualche secondo prima di continuare «pensa un po', per dargli un'occhiata... Domani ha una conferenza amministrativa con tutti i capi reparto, e invece di prepararsi a dovere sarà a cena con la moglie ad aspettare che la sua segretaria gli mandi i suoi conti via fax...» si lamenta tra sé, tradendo una punta di risentita e commovente gelosia, quasi dimenticandosi della mia presenza e prima di lasciare spazio a un lungo silenzio. È la prima volta che la vedo demoralizzata e avvilita. È la prima volta che la vedo umana più che altro, e sento il bisogno di riempire quel silenzio dicendo qualcosa. Qualunque cosa.

«Non credo che il fax funzioni senza corrente!» è il massimo che riesca a fare. Lei si volta esausta e mi guarda come si guardano i cani quando si leccano il sedere da soli.

«È incredibile che non ti abbiano ancora preso alla CIA. Il tuo spirito deduttivo è impressionante.»

«Intendevo dire...» tento di recuperare balzando agilmente giù dal tavolino sul quale mi ero seduto «... che è inutile stare a sbatterci la testa. È un black-out, non ci possiamo fare nulla ma quanto potrà durare? Dieci minuti, mezz'ora al massimo?»

«Già... certo...» mi risponde dedicandomi il minimo della considerazione necessaria prima di voltarmi le spalle e incamminarsi su per le scale illuminate dalla luce della sua torcia elettrica.

«E ora dove vai?» le domando.

«Torno di sopra, perché?»

«Vengo anch'io allora!»

«Cos'è, hai paura del buio?» mi chiede trattenendo a stento una risatina provocatoria alla quale decido di non cedere.

«Eddài...» elemosino, «so che mi odi, ma per stasera viste le condizioni possiamo evitare di ringhiarci contro?»

Nat non sembra volersi fermare e continua a salire i gradini senza esitazioni come se conoscesse quelle scale a memoria, al contrario di me che mi muovo con l'agilità di uno zoppo sul ghiaccio. Poi si blocca all'improvviso, con uno scatto nervoso, e mi fa:

«Primo, io non ti ringhio contro. Sei tu che sei uno stronzo, il che è parecchio diverso.» Non era proprio un trattato di pace, ma almeno mi aveva parlato.

«Secondo, è soltanto andata temporaneamente via la luce, non è che siamo naufragati su un'isola deserta e le circostanze ci dovrebbero spingere alla collaborazione... eventualità che comunque non sarebbe così scontata in ogni caso» mi fa presente ricominciando ad arrampicarsi su per le scale buie.

«Terzo...» confessa, voltandosi di nuovo così di scatto che per poco non le vado a sbattere addosso e affondandomi la sua spada luminosa dritta negli occhi, «non è per niente vero che ti odio, anzi, mi stai anche piuttosto simpatico...» e la perdo ancora di vista.

Ha un altro passo rispetto al mio, e in più devo nuovamente riabituare i miei occhi allo sbalzo improvviso luce/oscurità, mentre i suoi piedini scalano frenetici la rampa di scale che porta al quarto piano, lasciandomi indietro a farmi inghiottire dalle tenebre. Quando, a fatica, raggiungo il nostro piano, Nat è già nel suo ufficio, accucciata vicino a un cassettone aperto che fruga laboriosa tra le scartoffie aiutandosi con la luce della torcia come le spie dei film americani. Sicuramente si è accorta della mia presenza ma decide di fare finta di nulla. Io le sono quasi dietro.

«E quindi ti sto simpatico eh?» le chiedo all'improvviso, gongolando. Lei finge di essere stata colta di sorpresa e simula uno spavento da film italiano. Salgo di nuovo su un tavolino che ho trovato a tastoni indietreggiando nel buio, e che presumo sia la sua scrivania. Nel momento in cui il mio culo atterra sulla superficie liscia di legno mi sento bucare una chiappa e un dolore, acuto e improvviso, si diffonde rapidamente lungo la schiena come una scarica elettrica. Tento di capire su cosa mi sono seduto e mi ritrovo in mano un cubo di plastica con gli spigoli duri come la pietra. Impreco a bassa voce e senza interrogarmi troppo su cosa sia quell'arma impropria la getto a terra. Imprevisti dolorosi a parte, mi sto lentamente abituando all'oscurità, e non tanto perché finalmente i miei occhi iniziano a percepire le sagome degli oggetti, quanto piuttosto perché comincio a adattare i miei movimenti all'ambiente circostante. L'ignoto mi stimola e il poter solo immaginare ciò che mi circonda si sta trasformando più in un piacere che in una sofferenza. Annoto mentalmente che appena ne avrò l'occasione voglio provare a fare sesso bendato.

«Sì, ma preferirei che non si sapesse in giro...» mi rimbalza sarcastica. Lascio correre anche stavolta e rilancio.

«Be', non ti sei mai dimostrata troppo socievole con me...»

«Invece tu sei un trionfo di galanteria eh... cosa avrei dovuto fare per essere più carina? Sbellicarmi dal ridere e dirti quanto trovo divertenti le tue battute sessiste, misogine, volgari e, se mi permetti, pure un po' banalotte?» Mi stava evidentemente provocando. Passi che mi descriva come un triviale ufficiale di caserma in libera uscita. Ma banale no.

«Quando mai sarei stato volgare e banale?» le chiedo sottolineando il secondo aggettivo.

«Oh, non saprei... fammi pensare...» mi risponde grattandosi ironicamente le tempie. «Per esempio quella volta che in mensa, davanti a tutti, mi hai fatto notare che mi conveniva prenderne due, di banane, così almeno una la mangiavo?»

«Ok! Quella era un po' démodé... già sentita, lo ammetto... ma per il resto credo di aver sempre retto standard comici piuttosto elevati...» intervengo in mia difesa. «È che mi veniva naturale stuzzicarti con quel genere di battute... ti ho sempre visto come una figura un po' algida, tutta composta, timorata, la classica segretaria succube del capo... senza offesa eh...»

«Ma no, figurati... adoro essere ridotta a uno stereotipo solo per il lavoro che faccio...» mi fa lei, alzandosi di scatto e flettendo un paio di gambe che non avevo, colpevolmente, mai notato prima. Non riuscivo a crederci, ma sentivo che il tono conflittuale della discussione era direttamente proporzionale alla tensione erotica che si stava sprigionando nell'aria. Ok, Nat non è esattamente una bellezza d'insieme, ma è un'esplosione di piccoli particolari e dettagli nascosti che presi singolarmente potevano far viaggiare la fantasia come solo un numero del catalogo Postal Market riusciva a fare ai bei tempi. Gli occhiali le donavano un aspetto intrigante e nonostante avesse i due denti davanti separati da uno spazio significativo, le labbra erano carnose, umide e lucide al punto giusto. Non troppo, come se avesse mangiato gli spaghetti aglio olio e peperoncino, ma nemmeno troppo secche, di quelle che ti scartavetrano la faccia quando le baci. Le mani erano affusolate e le unghie curate. Certo, il fisico non era statuario e i suoi capelli mori non sembravano quelli lucenti e vaporosi di una modella delle pubblicità dello shampoo, ma stretto nella sua gonna grigia e lunga fino al ginocchio il suo sedere poteva sembrare quello di una ballerina dei video rap. Avevo i brividini all'inguine.

«E allora, se trovi le mie battute tanto banalotte, come dici tu... come mai ti sto così simpatico?» le chiedo con un tono più ammiccante di quanto avrei voluto.

«Non mi stai, così, simpatico infatti...» risponde, sottolineando il *così* in maniera esageratamente teatrale.

«Ho solo detto che mi stai, piuttosto, simpatico...» aggiunge, riservando al *piuttosto* lo stesso trattamento del *così*. Resto in silenzio, in attesa che aggiunga qualche dettaglio che, per fortuna, non tarda ad arrivare.

«In fondo ho sempre trovato divertente il nostro giochino del gatto col topo. È una delle poche pause stimolanti per il cervello di tutta la settimana. Farti fare la figura del cretino è un passatempo piacevole. Ma cretino in senso buono eh... mi sei sempre piaciuto per quel tuo modo di fare esasperatamente naïf. Si vedeva che ti piaceva recitare la parte di quello che non gliene frega niente di nessuno, ma che in realtà muore dalla voglia di farsi accettare da tutti, e la cosa mi ha sempre fatto tenerezza. Sembravi uno di quei cuccioli un po' stupidi che non riescono a non vomitare sul tappeto del salotto ma che appena avvertono il ritorno del padrone si sentono in colpa e tentano di rimangiarselo per non essere picchiati col giornale arrotolato.»

La osservo parlare, con lo sguardo un po' ebete fisso nel vuoto. Ero piuttosto sicuro che nelle sue parole ci fosse un complimento, qualcosa per cui sentirmi lusingato, ma non riuscivo a individuarlo con chiarezza. Soprattutto però provavo un desiderio nuovo e inspiegabile che produceva il brivido tipico delle cose nuove e inspiegabili. Quella sensazione di imbarazzante paura alla quale però non si può non cedere.

«Be', sembra che al buio si sia tutti più onesti eh...» bisbiglio.

«Sono sempre le situazioni anomale che ci rivelano per quello che siamo...» mi segue maliziosa.

«Be', la corrente tornerà da un momento all'altro... Potrebbero restarci meno di dieci minuti di onestà e non vorrei andassero sprecati...» mi trovo a considerare con ritrovata audacia.

L'orologio a muro segnava le 9 e 48 e nei successivi dieci minuti la luce non era ancora tornata. Doveva essere un black-out piuttosto cazzuto perché la corrente non era stata ripristinata nemmeno nei successivi venti. Dopo un'ora, eravamo ancora completamente al buio. Quando la stanza viene sferzata da un'improvvisa e ormai insperata ondata di luce sono più o meno le 11 e 20. Eravamo rimasti avvolti in quel limbo pennellato di blu scuro per più di due ore e la prima immagine che mi ritrovo davanti agli occhi è la mia faccia riflessa sullo specchio del bagno degli uomini. Mi stavo lavando la faccia, in piedi davanti al lavandino, senza mutande addosso. Piccole gocce di acqua gelata mi scivolano lungo le tempie, attraversandomi le guance prima di confluire tra la peluria che mi spunta dal mento e colare nel lavandino. Il colletto della mia T-shirt aveva perso la sua forma originale mostrando graffi rossi che mi sbucavano dal petto per arrampicarsi verso il collo come edere, e io mi sentivo leggero e sospeso proprio come in un sogno.

Mi è sempre piaciuto sognare. Ma non nel senso che sono un sognatore e credo in un mondo migliore in cui gli uomini la smettono di farsi la guerra, o che un giorno vincerò la lotteria o cose del genere. Io sono proprio fan del gesto tecnico del sogno. Mi piace lo stato di incoscienza che si può vivere di notte. Mi piace assere altrove e poter dare al tempo un nuovo valore. Mi piace che lo spazio non sia più una regola. Mi piace che non siano sempre sogni felici e che si corra il rischio di incappare in un brutto incubo. Mi piace che nel sogno si possa gioire o soffrire, esattamente come nella vita reale, solo senza conseguenze. Mi piace godermi l'attimo in cui mi sveglio e sono così stravolto da quello che la mia mente ha prodotto da far fatica a capire se si trattasse veramente, solo, di un sogno. Ed è esattamente ciò che mi stavo chiedendo in piedi, seminudo, davanti allo specchio del bagno degli uomini. Forse ho sognato tutto. Nat è sempre la solita Nat. Vergine e puzzolente. Vecchia e zitella. Niente da fare. Il freddo del pavimento sotto i piedi, il solletico provocato da alcune gocce d'acqua che mi scendono veloci lungo il petto, le fitte di dolore della mia pupilla che ancora si deve abituare al ritorno della luce... ogni sensazione fisica mi riporta alla realtà: mi sono trombato Nat Nat.

Torno sul luogo del delitto accompagnato da una serie di domande che continuano a picchiettare nella mia testa con la forza di un martello pneumatico: che razza di persona sono? Dovrei farmi ricoverare in un centro di recupero per erotomani? Perché, se proprio non riuscivo a resistere alla pulsione sessuale, non mi sono chiuso in bagno da solo e non mi sono fatto una bella sega? Le classiche domande post-incidente orgasmico, insomma.

Nat è seduta a terra e sta giocherellando con un cubo di Rubik. Ecco su cosa mi ero seduto prima... La sua gonna è ancora appallottolata in un angolo, ma almeno si è rimessa le mutande addosso. Io sono ancora nudo e sono obbligato ad attraversare la stanza per raggiungere i miei vestiti, appoggiati senz'anima allo schienale imbottito di una sedia. La situazione mi riempie d'imbarazzo. Saltello nella sua direzione tenendo entrambe le mani a coppa sul pisello per proteggerlo da sguardi indiscreti e appena non le sto più di fronte ne sposto una a difesa anche del sedere. Nat segue quello strano balletto con educato divertimento. Mi rimetto in fretta mutande e pantaloni e mi sento in dovere di andarmi a sedere per terra proprio di fianco a lei. Il muro è ruvido contro la schiena e ci metto un po' ma alla fine trovo la posizione più comoda. Nessuno ha ancora detto nulla e io sbircio Nat solo con la coda dell'occhio perché è uno di quei momenti in cui, qualunque cosa ci diremo, non lo faremo guardandoci negli occhi. La mia attenzione è attirata da una macchiolina nera sul collo della mia collega.

«Ma hai un tatuaggio dietro l'orecchio?» le chiedo senza tentare di mascherare lo stupore.

«Sì!» risponde secca con l'intenzione di tagliar corto. «Perché?» aggiunge quasi offesa per il tono carico di supponenza della mia domanda.

«Niente, così... è che non mi sembri il tipo da tatuaggio...»

«Sì, che tipo di donna ti sembravo me lo hai già spiegato prima... anche piuttosto chiaramente, mi pare» mi rinfaccia con sarcastica freddezza.

«E che cosa ti sei tatuata?» le chiedo fingendo di non aver colto la sua frecciata.

«Non lo vedi? La luce è tornata da un pezzo ormai...» Il suo atteggiamento inizia a sembrarmi esageratamente ostile.

«È già tanto che non l'abbia preso per un neo...» le rispondo, sottolineando la dimensione ridicola di quella macchia d'inchiostro sul collo.

«È una farfalla...» risponde quasi sospirando.

Non riesco a trattenere una risatina.

«Be'? Hai dei problemi anche con le farfalle?» mi chiede senza fermare le dita che lavorano frenetiche sui quadratini colorati del cubo.

«No, no... le farfalle sono ok. Penso solo che sia uno dei tatuaggi più brutti che una donna si possa fare. Appena dopo il tribale sul fondoschiena. Quello è il più brutto in assoluto. L'equivalente dell'ideogramma cinese sul bicipite di un uomo. Cosa vuol dire? Desiderio di libertà? Che vuoi volare libera e felice, come una farfalla? Potevi tatuarti un Nuvenia pocket allora...»

Nat continua a evitare di guardarmi e a tenere lo sguardo fisso sul suo giocattolino. Sbuffa annoiata.

«Cos'è? Hai studiato tutto il manuale delle peggiori conversazioni post-scopata?» mi chiede alzandosi e lanciandomi con disinvoltura il cubo di Rubik tra le mani. Riesco ad afferrarlo goffamente al volo. Tutti i tasselli sono al loro posto e ogni faccia di un colore diverso ma omogeneo.

La osservo allontanarsi da me e raggiungere la scrivania e mi sorprendo a sperare che non se ne stia andando. Raccoglie la gonna da terra, ma non la indossa. La piega e la appoggia in maniera più ordinata su una sedia. È in mutande davanti a me e si accende una sigaretta appoggiando il peso del suo corpo contro la scrivania. Non è un bello spettacolo, ma sono contento che sia lì.

«Com'è che la tua fidanzata ti ha lasciato?» mi chiede tutto a un tratto. Non so come mai, ma l'idea di non risponderle non mi ha nemmeno sfiorato.

«L'ho tradita» rispondo. Senza aggiungere altro, o domandarle perché me l'avesse chiesto. La verità nuda e cruda. «Mi sono trombato un'alcolizzata cocainomane in casa nostra...»

«Capisci di aver fatto una cazzata sempre troppo tardi eh?» domanda sputando una densa nuvola di fumo verso l'alto con un lato della bocca.

«No... non credo sia il mio caso... lo sapevo anche prima, che stavo facendo una cazzata...» e per quanto possa ricordare è la prima volta che lo ammetto ad alta voce.

Nat non aggiunge altro ma mi fa capire che sta a me riempire lo spazio di silenzio.

«Lei è sempre stata perfetta con me. Nulla da recriminarle. E non c'è niente di peggio che avere sempre chiaro in mente quanto Viola fosse innocente e ingenua quando mi guardava, mi parlava, dormiva di fianco a me senza sapere che mi ero scopato una fattona in casa nostra. Ti senti come uno che di professione ammazza dei cuccioli di foca monaca.» E mi blocco per un attimo, fissando il pavimento e riavvolgendo mentalmente il nastro della mia storia per essere sicuro che valga la pena continuare. «Dopodiché mi ha scoperto. Ci ha messo poco per la verità... un paio di giorni. Non so nemmeno come abbia fatto e non gliel'ho mai chiesto. Forse inconsciamente sono stato io stesso a farmi scoprire, sai com'è... per alleviare il peso del senso di colpa o cose così... all'inizio era tutto ok, come se me ne fossi andato da casa dei miei. Mangiavo quando volevo e dove volevo, lasciavo le cose nel lavandino anche un paio di giorni, uscivo con i miei amici senza sentirmi in colpa se ritardavo di un quarto d'ora, non dovevo più scavare tra le sue cremine per trovare il mio deodorante, insomma... Provavo una certa sensazione di libertà. Poi ho iniziato a non sapere cosa farmene, di quella libertà, se non c'era lei con cui condividerla. Ho sempre bevuto parecchio, ma ho iniziato a farmi prendere la mano e a esagerare un tantino e sono finito svenuto sopra un treno...» confesso mentre, tenendo il capo chino, alzo appena lo sguardo per cogliere una qualunque traccia di stupore nei suoi occhi. Niente. Mi sentivo stupido per aver, anche solo per un attimo, potuto credere che la voce del mio tentato suicidio non fosse arrivata a circolare pure in ufficio. Riabbasso lo sguardo e proseguo. «Ora va tutto bene, o perlomeno sto cercando di convincermene... ho ripulito un po' la mia casa, la mia vita e spero il mio cervello... solo che a volte per riempire i buchi faccio delle cazzate tipo, senza offesa, finire a letto con chiunque mi capiti a tiro... che poi non sarebbe nemmeno quello il problema se immediatamente dopo non mi sentissi una merda...» La sento sorridere. La cosa mi infonde una strana tranquillità. Mi rigiro tra le mani il cubo di Rubik e lo osservo come se non avessi mai visto nulla di simile in vita mia. Inizio a ruotarne i lati lentamente e con la cautela di un cardiochirurgo che sta intervenendo su un paziente a cuore aperto.

«Ti sei fatto spaventare...» mi informa Nat, che è ormai avvolta da una nuvoletta grigia e maleodorante di fumo.

Ogni volta che parla e io la guardo è come entrare e uscire da un tunnel. È lì di fronte a me, in carne, ossa e mutande. Il mio cervello continua a ripetersi "e pensare che credevamo fosse vergine... vergine un cazzo, questa è un puttanone..." ma la mia bocca dice: «Mi son fatto spaventare da cosa?». Nat non sembra avere intenzione di rispondere al posto mio e continua a succhiare nicotina fuori dalla sua sigaretta. Io non ho idea di che cosa stia parlando e resto concentrato sul cubetto colorato.

«Ti sei fatto spaventare dalla perfezione...»

«La perfezione non esiste» rispondo io d'istinto, senza distogliere lo sguardo dal mio nuovo passatempo. Ormai ho incasinato tutti i colori.

«Lo so anche io che non esiste... ho sempre pensato che tu fossi fastidioso ma non idiota. Non mi deludere proprio adesso. Ascoltami...»

«Ti ascolto!» la interrompo alzando infastidito il tono della voce «ma non mi sono fatto spaventare proprio da niente... evidentemente doveva andare così. Punto e basta!»

«Ah, certo... doveva andare così. Perché tu sei un uomo, tutto razionalità. Non concepisci che un rapporto non segua le regole della logica...»

«Sì, e tu sei una donna» confermo. «Ragioniamo diversamente, sai che novità. Per me, tutto quello che succede, succede per un motivo...»

«Giusto, noi donne invece siamo stupide... tutte a sognare davanti alle storie di *Sex and the City* e voi uomini tutti d'un pezzo, che masticate tabacco e lo sputate per terra... chiaro. Come no!» mi rinfaccia iniziando ad alzare il tono anche della sua voce. «È veramente così riduttiva la tua visione della vita?»

«No, noi uomini mastichiamo tabacco e lo sputiamo sui vostri cofanetti di *Sex and the City*!» le urlo addosso. Restiamo in silenzio per un secondo. Ci fissiamo. Scoppiamo a ridere.

«Intendo dire...» ricomincia a parlare Nat, riportando il discorso a un registro civile e soffocando gli ultimi strascichi di risata che la nostra discussione ha causato per farsi nuovamente seria, «... che sei uno di quegli insoddisfatti cronici che non saranno mai felici perché non sapranno mai stare in pace con ciò che hanno. Mi segui?»

Faccio segno di sì con la testa. Probabilmente sto mentendo.

«Ottieni qualcosa, senza nemmeno faticare troppo, a giudicare dal tuo atteggiamento superficiale e infantile... ma non vorrei giudicare frettolosamente conoscendoti poco... comunque, poi, col tuo spirito masochista, una volta che hai ottenuto quello che volevi riesci solo a focalizzarti su ciò che non hai. Sei irrequieto. E allora te ne vai all'avventura, alla ricerca di chissà cosa, pensando che restare agganciato a casa con un filo possa bastare a non perderti. Ti spingi sempre più in là e tiri la corda, tiri la corda così tanto finché finisci col restarci impiccato...»

«Tipo il filo di Arianna?» le chiedo tra il sarcastico e il preoccupato.

«No, il filo di Arianna non c'entra un cazzo!» mi sgrida per un secondo, come se si stesse stufando di regalare perle ai porci, prima di ricomporsi e proseguire.

«Peggio... come quel cubo di Rubik con cui stai giochellando... te lo sei trovato fra le mani perfetto in ogni suo lato... probabilmente hai pensato che dev'essere stato facile ordinarlo per benino, facile come stare sdraiati comodi su una bella spiaggia assolata... ti sei detto "massì! posso disfare e rifare quanto mi pare!", sei andato a farti un bagnetto... hai smontato un lato, poi un altro, hai tastato l'acqua per vedere quanto è profonda e hai deciso che si toccava ancora... sei andato avanti, hai smontato un altro lato, tanto pensi di poter tornare facilmente al punto di prima, ma all'improvviso ti sei girato e la spiaggia è lontanissima, e non tocchi più, e non hai idea di come rimettere il verde al posto del verde, il rosso nel rosso e il giallo nel giallo... i tuoi quadratini sono tutti scombinati e la marea è alta e non riesci più a ritornare indietro... questo è quello che sei... uno che non ha ancora capito quanta fatica serva per guadagnare qualcosa e si permette il lusso di sprecare quello che la vita gli dona... non tutti sono così fortunati sai?»

Finalmente spegne quella sigaretta che iniziavo a pensare potesse essere infinita, spremendola con forza dentro al posacenere sulla sua scrivania. Io resto in silenzio, seguendola con lo sguardo mentre mi passa davanti, sempre in mutande, per scomparire dietro la porta del bagno. Scannerizzo la stanza per la prima volta da quando è tornata la luce e mi concentro sull'angolo in cui ci siamo accoppiati, in cerca di non so quale traccia. Ripenso alle parole di Nat e a come mi sia sempre sentito in credito nei confronti della vita. Forse ha ragione lei. Forse mi spingo sempre troppo in là, oltrepasso sempre il limite sfidando la sorte per poi pentirmene. Sono convinto di essere immortale, ma mi sbaglio. O forse, Nat è solo una pornozitella con velleità da maestrina. In un caso o nell'altro non riesco ancora a capacitarmi della versione demoniaca di Nat che ho conosciuto questa notte.

Mi torna in mente un avvertimento che mi diceva sempre mia mamma. "Affoga solo chi sa nuotare." Penso a quanto siano vere queste parole quando Nat ritorna dal bagno, sistemandosi i capelli alla cieca per poi asciugarsi le mani umide sulle sue cosce poderose.

«Io mi sa che torno a casa. Il lavoro lo finirò domani mattina presto. Tu che fai? Resti?»

Scuoto la testa senza dire una parola.

«Immaginavo...» sospira ironica. «Sei in macchina o vuoi un buono taxi?»

«Niente macchina, ma credo che farò due passi...» le rispondo mentre penso che non mi aveva mai offerto un buono taxi prima d'ora, la stronza. Nat recupera la gonna dalla sedia, la tiene penzoloni con una mano per darle quattro battute belle secche con l'altra, sollevando una leggera nuvoletta di polvere e acari. La gira per il verso giusto, mentre io sono fisso in piedi dietro di lei a godermi imbarazzato questo momento. Mi sento come Pierino che spia la professoressa dal buco della serratura.

Nat lascia scivolare un piede dentro la gonna e mentre si china per infilare anche l'altra gamba entra Franco, il filippino che si occupa delle pulizie notturne. Lui quasi si spaventa, poi butta una veloce occhiata nella mia direzione e poi di nuovo verso di lei. È piegata a novanta gradi, con la gonna alle caviglie e il culone che punta verso l'alto. Senza muovere la testa alza lo sguardo verso Franco, che è sempre in piedi col suo secchio d'acqua in una mano e il mocio Vileda nell'altra.

«Be'...? E tu che cazzo vuoi?»

Avvocati migliori

Seduto in metropolitana davanti a me c'è un ragazzo peruviano vestito da giocatore di basket che ondeggia la testa al ritmo della musica proveniente dalle sue cuffiette. Ha una faccia buffa in senso buono, fa quasi tenerezza con quella leggera acne che gli punteggia le guance, gli occhi fissi verso l'alto e le labbra ornate da una peluria prepuberale che seguono il playback della canzone che sta ascoltando. Approfitto delle lenti scure degli occhiali che non mi sono tolto nonostante la luce sia tutt'altro che abbagliante per fissarlo spudoratamente per un po'. Ha una catena opaca intorno al collo con un medaglione a forma di dollaro che gli dondola sul petto, un tatuaggio tribale dai contorni sbiaditi sull'avambraccio e un cappellino da baseball appena appoggiato, tutto storto, sulla zucca rasata. Penso, tra me e me, che la visiera del cappello dovrebbe essere portata, per legge, solo dritta a ore 12 e che a nessuno dovrebbe essere concesso il diritto di indossare un cappellino con la visiera a ore 13, a meno che tu non sia sul set di un video rap o un ragazzino ritardato. Scommetto che b-boy Perú scende alla fermata Centrale per raggiungere gli amichetti b-boy Colombia, b-boy Bolivia e b-boy Quartoggiaro a far sfrecciare i loro skateboard sui gradini della piazza della stazione, fingendo che Milano sia Los Angeles.

Nel sedile di fianco al mio c'è una signora che sta chiacchierando con un'altra signora, seduta davanti a lei. Le sta raccontando che il figlio è appena partito per una settimana di vacanza nel mar Rosso ed è un po' preoccupata perché la scorsa settimana c'è stato un attentato. Vorrei inserirmi nella discussione e rassicurare anche lei con la fredda statistica, spiegandole che è altamente improbabile che quei cattivoni dei terroristi facciano saltare per aria due alberghi di fila nello stesso posto e nella stessa settimana e che, sempre statisticamente parlando, ci sono molte più probabilità che a esplodere sia il vagone della metropolitana sul quale sono appoggiate le nostre chiappe in questo momento, ma non sono sicuro che la signora riuscirebbe a cogliere l'aspetto tranquillizzante della faccenda e decido di lasciar perdere. Sembrano le tipiche mogliettine della Milano bene, e scommetto che scenderanno in Turati.

È un giochino che faccio sempre con Dery, quello di scegliere un individuo in metropolitana e provare a indovinare quale sarà la sua fermata, anticipando il momento in cui si chiuderanno le porte dietro di lui e torneremo tutti a non avere più niente a che fare l'uno con l'altro. Chi si è visto si è visto. Faccio questo gioco da anni ormai, ogni volta che prendo la metro, e a pensarci bene non so nemmeno perché, visto che non lo trovo nemmeno un passatempo particolarmente divertente. Sarà che sono abitudinario, o sarà forse che mi aiuta a non concentrarmi sulla puzza di ascelle che solitamente permea ogni vagone. Il rapper peruviano si è alzato e sta per scendere proprio in Centrale. La mia attenzione viene attirata da due ragazzine tutte vestite di nero, con jeans aderenti e scarpe da ginnastica un po' sgualcite. Stanno ridacchiando tra loro e una fa finta di essere in imbarazzo e di non conoscere l'altra, nascondendosi la faccia con una mano, coperta da un guantino nero senza dita. Credo si stiano vergognando perché mi sono girato verso di loro proprio nel momento in cui una delle due mi stava scattando una foto di nascosto col cellulare. Avranno più o meno quindici anni e le trovo piuttosto bruttine, ma il fatto di piacergli in qualche modo mi lusinga. Scommetto che stanno per incontrarsi con altri esseri simili a loro per fare un giro in centro, fumare qualche sigaretta di nascosto e magari comprare qualche vestito che, una volta indossato, non gli starà mai bene come ai manichini nel negozio. Probabilmente scenderanno in Duomo. Mi giro a fissare la mappa delle fermate appesa alla parete davanti a me e abbasso il volume delle cuffiette per poter origliare i loro discorsi senza che se ne accorgano. Si stanno scambiando consigli su come fare i pompini. Nonostante il mondo stia andando a rotoli da un pezzo, certe cose riescono ancora a stupirmi. "Devo raccontarlo immediatamente a Dery" penso benedicendo la tecnologia che da qualche mese permette di telefonare anche dalla metropolitana. Serve solo uno squillo.

«Dove sei?» mi chiede senza nemmeno salutare.

«Sto arrivando, sto arrivando... senti...»

«Ma possibile che tu non riesca mai a essere puntuale?»

«Sì, ti ho detto che sto arrivando. Comunque stammi a sentire... ci sono due ragazzette qui in metro...»

«Quanto ragazzette?» mi interrompe in cerca di dettagli.

«Boh... quindici? Forse meno, quattordici... tutte vestite emo, con la frangia... sai no, come va di moda adesso? Con le spillette sugli zaini e il ciuffo viola...»

«Piazza Duomo. Sicuro!»

«Sì, sì! Infatti, l'ho detto anche io!» ribatto con un certo orgoglio. «Comunque, dicevo, sono qua di fronte a me e stavo origliando i loro discorsi e stavano parlando di come si fanno i pompini...» cerco di trasmettergli il mio stupore e allo stesso tempo mantenere un certo aplomb, portando una mano al ricevitore per fare da scudo alla mia voce.

«Eh... e quindi?» mi chiede Dery smontando tutto il mio entusiasmo.

«Quindici anni, cazzo! Non ti sembrano un po' troppo giovani?»

«Per cosa? Per fare i pompini? Non si è mai troppo giovani per l'arte...» mi risponde credendo di essere spiritoso.

«Dio mio! ti prego, fai che non mi nasca mai una femmina e comunque, nel caso, tu non dovrai averci niente a che fare...» lo ammonisco.

«Ma su, dài che scherzo! Lo sai che le minorenni per me sono un tabù... non guardo nemmeno i porno se sospetto che la ragazza abbia meno di trent'anni...» come se la notizia dovesse tranquillizzarmi. «Io sono uno da MILF, *Mothers I'd Like to Fuck*... roba seria. Mica come te...»

Non credo che sia né il luogo né il momento per affrontare questa discussione, ma proprio non riesco a mordermi la lingua.

«Cosa vorrebbe dire, *mica come te*?» accenno in mia difesa.

«Tu sei un sentimentalone... per me sei uno di quelli che si appassiona alla storia... all'incontro, all'approccio, e alla fine guardi fino in fondo per vedere se dopo aver trombato si fidanzano... se lui poi la bacia in bocca nonostante tutto o se invece gli fa schifo, cose così... invece i porno vanno visti attivi... tu devi essere il protagonista, non un semplice spettatore... devi governare la regia... vabbe' un giorno te lo spiego eh...» tenta di liquidarmi con supponenza.

«Le tardone le guardo pure io, e quella è roba da stomaco forte... voglio dire... perversa! Mica da ragazzini. E poi Jenna Jameson, Sasha Gray, Lily Thai... queste sono maiale con i baffi!» esclamo perdendo il controllo del mio tono di voce. La signora di fianco a me sta facendo a pugni con gli occhi per resistere alla tentazione di guardarmi storto. Capisco chiaramente che se la metropolitana non fosse piena si andrebbe a sedere il più lontano possibile da me. Mi sbircia con la coda dell'occhio. Io le accenno un sorriso che sia il più rassicurante possibile.

«Ma lo vedi? Roba commerciale. Gente che mentre scopa si mette in posa. Sembrano attrici di Hollywood. Finte, lucide, scolpite. Fichette depilate come bambine di tre anni e tettone siliconate come quelle di una mamma in allattamento. Capisci cosa offrono agli uomini? Madri sopra e figlie sotto... robaccia. Finzione. Mitologia.» Il trasporto del mio amico è tale che sembra una tesi religiosa.

«Io sono per il grande fratello del sesso. *Amateur*. Gente vera. Gente che si riprende in camere da letto orrende con quadri deprimenti appesi a pareti ingiallite. Voglio vedere facce sudate di donne che potrei incontrare il giorno dopo in ufficio, al supermercato, sul tram. Voglio inquadrature mosse, luci confuse, audio distorto, dialoghi bisbigliati e sconnessi. Donne brutte e uomini con cazzi minuscoli. Cellulite, peli sulla pancia, grasso, brufoli. Questo è il vero sesso!»

Amen. Io sono ammutolito e anche Dery si è concesso una piccola pausa dopo il monologo. Il suo discorso era talmente carico di eccitazione, partecipazione e trasporto che per un istante penso che se non avessi immediatamente cancellato il mio filmato con la donna lupo, quest'anno non avrei avuto dubbi su cosa regalargli per Natale.

«Se lo dici tu...» riesco solo a bofonchiare facendo finta di non capire di cosa stesse parlando.

«Certo che lo dico io! Sono un professionista, io! Lo sai, su internet, quante finestre aperte riesco a gestire contemporaneamente?» Non credo si aspetti realmente una risposta ma decido di tentare.

«Tre?»

«Cinque, cazzo! E li faccio venire tutti a tempo! È come assistere allo spettacolo del Bellagio a Las Vegas, con tutte le fontane che esplodono i loro getti all'unisono con in sottofondo una canzone di Frank Sinatra. Apoteosi. Mixo le loro scopate con precisione certosina finché tutte le signore ricevono la loro dose di yogurt su quelle guancette mosce, contemporaneamente! CON-TEM-PO-RA-NE-A-MEN-TE!» Ha la voce di un fondamentalista. Sta iniziando a farmi paura. «Io sono il Bob Sinclair del porno!» conclude.

La mia faccia imbarazzata deve essere uno spettacolo, a giudicare da come mi osservano gli altri passeggeri del vagone, ma per fortuna su questa sentenza del mio "amico DJ della pornografia" è arrivata anche la mia fermata e quando le porte si chiudono alle mie spalle non ho più niente a che fare con nessuno di loro.

«Be'... Comunque, quanto ti ci vuole ancora?» mi domanda Dery.

«Per fortuna sono appena sceso! Bel discorso comunque... Dovresti darti alla politica. Un secondo e sono fuori.»

Appena esco dalla metropolitana ci metto qualche istante a capire che il tipo inginocchiato davanti a un barbone che chiede l'elemosina è Dery. Appena mi avvicino, mi saluta e mi presenta il barbone con la stessa naturalezza con cui mi presenterebbe un suo vecchio compagno di classe.

«Be' dài, solo un quarto d'ora...» mi accoglie ironico.

«Sì, lo so ma sbaglio sempre a calcolare i tempi della metro, e comunque vedo che hai trovato compagnia...»

«Sì, meno male, ti presento Morgan. Morgan, il mio amico fraterno Alessandro.»

Morgan è un uomo sulla cinquantina o forse ne ha solo ventidue e li porta malissimo. Ha la faccia rugosa e abbronzata come quella di un marinaio e indossa un cappellino della Nike di quelli traforati sul retro, tipo camionista dell'Alabama. Mi tende la mano destra col palmo aperto e io gli do istintivamente un cinque, mettendoci più del necessario per capire dal suo sguardo che si aspettava ben altro. Provo a metterci una pezza e frugo imbarazzato nelle tasche alla ricerca di un paio di monetine da regalargli, ma ne trovo una sola e quando apro il palmo e scopro che si tratta di un doblone da due euro, oltretutto di quelli appena coniati, tutti belli lucidi e splendenti, lasciarlo scivolare nel bicchierino di carta davanti a Morgan mi procura una fitta al cuore. Faccio ricorso a tutta l'abilità nel dissimulare disgusto che ho affinato nel corso di questi anni da pubblicitario e gliela lancio con finta nonchalance, come Michael Jackson nel video di *Smooth Criminal*. Lui non riesce ad afferrarla al volo dimostrando riflessi da formichiere.

«E vi conoscete da molto?» chiedo.

«No, macché, l'ho appena conosciuto... è una brava persona...» dice lanciandogli occhiate cariche di stima che il barbone ricambia con sguardi a mezz'asta. «Ha delle potenzialità!» aggiunge dandogli una pacca sulla spalla che fa esplodere una nuvola di acari precedentemente imprigionati nel suo cardigan sgualcito.

«Potenzialità?» mi permetto di obiettare in tono ironico, sicuro che Morgan non ci avrebbe fatto troppo caso. Non è che non mi fidi, è che non ho mai visto nessuno con delle potenzialità avere tutti i denti marci in bocca e indossare pantaloni che puzzano di pipì.

«Già, potenzialità! Guarda qua...» e mi sbatte davanti agli occhi il cartoncino bianco che Morgan tiene davanti alle ginocchia con il suo slogan per racimolare qualche spicciolo. C'è scritto: MIA MOGLIE AVEVA AVVOCATI MIGLIORI.

«Be', originale...» sono costretto ad ammettere.

«Originale? Certo! E intelligente anche. Fa venire voglia alle persone di aiutarlo perché il mondo è pieno di uomini che litigano con le mogli e quindi si identificano nella sua tragedia. Aiutare lui significa aiutare potenzialmente se stessi. Furbo, molto furbo. E sai qual è la cosa più divertente?»

Immagino sia un'altra domanda retorica.

«Morgan, tu hai mai avuto una moglie?» gli chiede in tono confidenziale. Lui lo guarda interdetto, come se si sentisse tradito da Dery, mentre scuote la testa in segno affermativo.

«Eddài... Ale è un amico, mica è uno della Guardia di Finanza... tranquillo... allora, hai mai avuto una moglie?»

Morgan è sempre più spaesato e fidarsi di me sembra essere una fatica enorme, ma alla fine abbassa gli occhi sul tappetino su cui sta seduto e scrolla la testa facendo segno di no.

«Capito?» mi chiede Dery estasiato. «Capito? Non ce l'ha nemmeno mai avuta, una moglie! Incredibile... Questo è un grande! Ha delle potenzialità, te l'ho detto. Per ottenere quello che vuole racconta una balla, ma non importa. Se ripeti una balla all'infinito, alla fine diventa la verità. Serve solo un po' di costanza. È un grande!»

Per un momento temo che il mio amico abbia ricominciato a mangiarsi i funghetti.

«Magari potrebbe darti una mano col tuo lavoro... secondo me ha dei numeri!»

«Sì, be'... non è che abbia molta voglia di parlare del mio lavoro, e comunque non eravamo in ritardo?»

«Sì, giusto... ciao Morgan! Sei un grande!»

Ci allontaniamo e il nostro nuovo amico barbone ci saluta con un movimento appena accennato della testa, che io rimando al mittente tale e quale, mentre Dery continua a essere più espansivo e a ripetergli quanto sia un grande.

Una volta saliti in macchina sto ancora pensando a quella lucente moneta da due euro dalla quale mi sono dovuto forzatamente separare.

«E, giusto per curiosità, tu quanto gli hai sganciato?» domando afflitto.

«A chi?»

«A Morgan, no? Al genio...»

«Aaah... Niente! Io niente...»

Il mio sguardo è pieno d'odio. Due euro. Quattromila delle vecchie lire. Praticamente mezza pinta di Guinness. Due euro. Appena coniate, tra l'altro.

«E perché non ti andava di parlare del tuo lavoro?» mi chiede provando a cambiare discorso.

«Non è che non mi *andava*. Non mi va neppure adesso.»

«Periodaccio eh...» nonostante lo conosca da una vita, certe volte la sua perspicacia riesce ancora a stupirmi.

«Sì be', diciamo che ultimamente non mi stanno riempiendo di incarichi.. quindi non è che il mio portafoglio faccia le capriole di gioia...»

«Hai bisogno di soldi?» mi chiede serio.

«Ma no che non ho bisogno di soldi. Grazie a Dio riesco a provvedere a me stesso» gli rispondo sdrammatizzando, forse più del dovuto. «Almeno per ora...» mi sento di aggiungere.

«Mi prendi Tuttocittà nel cruscotto? Non ho la minima idea di dove sia il campo...»

Questa sera giochiamo in trasferta. Partecipiamo a un campionato aziendale di calcetto a cui è iscritta anche la banca dove lavora il nostro amico genio-dei-mutui Fabio Noi siamo clamorosamente imbucati e il team al còmpleto può vantare anche la presenza di Cibbì, che da quando si è sposato è tornato a vivere a Milano e si fa vedere più spesso, Alan, Mirko, Simone e Fabio 2, quasi tutti nostri amici di lunga data di cui, eccezion fatta per Culo di Burano, non ho mai parlato finora semplicemente perché non saprei cosa dire. Bravi cristiani con un lavoro qualunque e in alcuni casi una fidanzata, né tanto brutta da considerarsi fonte di ironia, né bella al punto che gli altri abbiano mai fantasticato di farsela nei bagni del ristorante quando si esce a cena tutti insieme. Vite nella media, storie nella media, stipendi nella media. Amici generici, insomma.

Mi sporgo in avanti troppo velocemente e la cintura di sicurezza mi ricaccia indietro contro il sedile. Mi allungo con più calma verso il cruscotto e inizio a rovistare tra le cartacce in cerca di una cartina della città.

«Ma l'ultima volta che hai dato una pulita qui dentro, Britney Spears era ancora vergine?»

Dery mi guarda di traverso.

«E questa cosa sarebbe, la tua miglior battuta?»

«Perché, non fa ridere?» domando mentre sto ancora frugando in quello scrigno di sporcizia.

«Non è spontanea, si sente che è costruita e probabilmente l'hai anche sentita da qualcun altro. Non fa un bell'effetto. Da quanto tempo aspettavi di dirla?»

«L'ho sentita ieri sera, ed ero tentato di sfoggiarla già prima con il tuo amico Morgan, solo che poi... E questo cos'è?» gli domando esageratamente sospettoso, facendo penzolare tra le dita un orecchino a goccia da donna.

«Spero sia di Giulia... o è di qualche donnina forestiera?» lo incalzo prendendolo per il culo.

«Ma va', pirla... sarà di Giulia...» abbozza. «È di Giulia...» si corregge più deciso.

«Seeee, seeee... io e te avevamo un discorsetto in ballo o sbaglio?» Per lui il silenzio, in quel contesto, era la soluzione migliore. «Eddài, avrai mica problemi a dirle a me ste cose? Guarda che le capisco...» sibilo sempre più in pressing, avido di dettagli piccanti. «Ci sta... siete insieme da tanti anni. Basta che tu sia sempre innamorato di lei. Dopo tanto tempo arrivi a un punto in cui la monogamia non è più un valore assoluto...» tento di alleggerirgli la coscienza che do per scontato essere sporca.

«Ti ho detto che è di Giulia.»

«Cos'è? Avete finito i portagioie in camera da letto, e ora tiene gli orecchini qua? Chi ti sei fatto in macchina? Mica su questo sedile?» gli chiedo fingendomi disgustato. «Mi hanno detto che se tiri giù i sedili di questo modello, dietro diventa un salottino...»

Dery con gli occhi fissi davanti a sé non accenna a cedere, e la sua faccia è una maschera di ghiaccio. Conoscendolo è più di un indizio di colpevolezza.

«Dài, basta solo che mi racconti tutto e il segreto morirà con me! Mica lo dico a Giulia... guarda che potrei offendermi eh... questa è mancanza di fiducia. Fammi controllare se hai i sedili croccanti...» dico, contorcendomi su me stesso per liberarmi dalla cintura e sbattere le mani sull'alcantara dei posti dietro. «Macchie macchie e macchie... guarda che roba... a lei cosa racconti? Che ci hai starnutito sopra?» insinuo mentre continuo a giocherellare con l'orecchino tra le dita. È un gioiello etnico, non troppo costoso, con il gancetto in metallo che sorregge una goccia formata da tante perline rosse più piccole. Più lo guardo e più mi sembra familiare. Forse è una suggestione o forse è veramente l'orecchino di Giulia che le avrò visto addosso chissà quante volte. Non ne sono certo, ma comunque l'opzione tradimento resta la più divertente e decido di proseguire su quella linea. Fermo restando che la reazione di Dery continua a essere piuttosto strana.

«Vabbe' ma cazzate a parte, Tuttocittà me lo trovi o devo fermarmi a chiedere alle vecchiette come negli anni Ottanta?»

«Nervosettooo...» cantileno mentre estraggo finalmente la bibbia del rappresentante dal cruscotto della macchina del mio amico.

Il campo della parrocchia sta in via Salini al 13. Tavola 9 riquadro A5. C'eravamo praticamente dietro. Parcheggiamo, scarichiamo le borse come i veri calciatori quando arrivano allo stadio e imbocchiamo l'ingresso dell'oratorio.

Prima della partita nessuno parla. Siamo tutti concentrati a fasciarci caviglie, ginocchia e polsi come un vecchio plotone di reduci dal Vietnam, ben intenzionati nonostante gli acciacchi a essere il più somiglianti possibile ai grandi campioni, perlomeno dal punto di vista estetico. Tra fascette per i capelli, divise originali della Nike e scarpe da quasi duecento euro delle quali i nostri piedi non son degni, io decido di tenere un profilo basso, alla Pasquale Bruno, un lottatore duro e puro che giocava con la maglietta a maniche corte anche d'inverno, non come Ronaldinho che ai primi di novembre gioca già con la sciarpa. Ma a ogni modo, il prepartita non è nemmeno lontanamente il momento che preferisco. A essere sincero, anche il match in sé non mi interessa più di tanto. Io vivo per il postpartita, per la doccia, per il riposo del guerriero. La parte che preferisco è rientrare negli spogliatoi e condividere con miei compagni l'euforia della battaglia vinta o il gusto amaro della disfatta in un trionfo di solidarietà maschile e puzza di piedi. Oggi abbiamo perso 5 a 1, ma, come dicevo, non è questo il punto.

«Sapete che erano anni che non facevate così schifo?» ci rutta addosso Mirko, che oltre a essere il più dotato tecnicamente si dimostra sempre un fine motivatore. «Alan ma che cazzo c'hai ai piedi? C'hai l'Aids ai piedi, c'hai... Cazzo, c'hai i piedi ammalati!»

«Cazzo veramente! In che stato sei?» gli fa eco Fabio 2.

«Tu è meglio che non parli! Hai sbagliato un gol che nemmeno se giocavo con le infradito lo sbagliavo io...» lo redarguisce il Motivatore.

Io sono già sotto la doccia, con la testa reclinata all'indietro a godermi il getto d'acqua calda che mi batte sulle palpebre chiuse e le braccia incrociate. "È per momenti come questi che mi presento alla partita ogni lunedì" penso, ridacchiando sotto i baffi per il processo che gli altri stanno riservando al povero Alan.

«Alan voto 4!» parte Dery, esibendosi nell'imitazione delle pagelle di Paolo Ziliani. «Periodaccio! Dopo le cilecche sotto le coperte anche il campo sembra non essergli più amico! Impotente...» e giù tutti a ridere.

«Eddài, cazzo... siete delle merde!» interviene Cibbì in aiuto di Alan che finora non ha avuto l'opportunità, o i riflessi pronti, per abbozzare un'autodifesa. «Lo sapete che il cucciolo ha le storiacce con la tipa...» aggiunge, questa volta in tono di scherno. Per fortuna l'unico a sapere della mia disperata situazione con Viola è Dery, altrimenti in questo momento la testa sulla gogna sarebbe la mia. Gli altri sanno solo che ci siamo lasciati e all'interno di un gruppo di maschi lasciarsi con una donna è ok. Soffrire per una donna è un motivo di umiliazione pubblica, tipo crocifissione in sala mensa.

«Dammi retta, meglio così...» fa il Motivatore. «Quella ti aveva rincoglionito...»

«Non mi aveva rincoglionito!» risponde Alan, nemmeno troppo convinto.

«Ti aveva rincoglionito eccome! Chi pensa che l'avesse rincoglionito?»

«Io!»

«Io!»

«Io!» fanno tutti.

«Io!» urlo da sotto la doccia.

In un'ipotetica scala di valori delle peggiori nefandezze possibili, "farsi rincoglionire da una donna" sta un gradino sopra a "soffrire per una donna" e appena dopo rispetto a "comportarsi come una donna", dopodiché solo il baratro dell'inferno. Va detto che nessuno di noi lo pensa veramente, e siamo tutti perfettamente consapevoli di essere uomini sull'orlo di una crisi di nervi, ma nessuno sarà mai disposto ad ammetterlo.

«Cazzo se ti aveva rincoglionito... Alan, quella ti obbligava a pisciare da seduto!»

«Non è che mi obbligava, lo trovava solo più igienico e io sono d'accordo con lei!»

«Be', considerando che probabilmente facendo l'amore ti sarà capitato di depositarle il tuo sperma sugli zigomi, è adorabile da parte tua preoccuparti per un paio di schizzetti di pipì sulle chiappe!» gli fa notare Fabio 2. E giù a ridere.

«Ragazzi, dobbiamo fargliela dimenticare!» propone Simone.

«Ma se da quando si sono lasciati è già tanto se riusciamo a farlo giocare a calcetto!» gli ricorda il Motivatore raggiungendomi sotto le docce.

«Sì, ma io sto parlando di una che vada a casa da lui... tipo Maometto e la montagna, no? Conosco una parrucchiera che per arrotondare lo stipendio... ti fa lo shampoo in negozio ma il balsamo viene a dartelo a casa!» Ilarità generale. Anche Dery ci raggiunge in doccia.

«No, le puttane no!» si ribella Alan.

«Oooh... cos'è questo atteggiamento da chierichetto? Vuoi dirmi che non sei mai andato a puttane in vita tua... oh ragazzi, non è mai andato a puttane...» ci urla Cibbì, preoccupato che noi nelle docce ci fossimo persi questa chicca.

«Non sei mai andato a puttane?»

«Ma come non ci sei mai andato?» Iniziamo tutti a deriderlo. Nessuno di noi è mai andato a puttane. Sono pronto a scommetterci. Io no di sicuro, Dery nemmeno. Fabio e Fabio 2 dubito, idem per il Motivatore. Cibbì assolutamente no e Simone forse, ma mi sembrerebbe strano. Ancora una volta la nostra vita reale non ha nulla a che vedere con la nostra vita da spogliatoio.

«Su questo gli do ragione!» interviene Dery in scivolata. «Le puttane no!»

«Pudico!» lo accusa Cibbì.

«Non è questione di pudore... è che proprio non concepisco il dover pagare per fare sesso, lo trovo avvilente... la mia teoria è questa: piuttosto che andare a puttane prendo cento euro, li ficco sotto la sedia...» ci spiega passo dopo passo, come fossero le istruzioni per montare un comodino «... mi faccio una sega e quando ho finito mi rificco i cento euro in tasca! Almeno risparmio.» Non fa una grinza.

Questo è lo spessore dei nostri discorsi quando giochiamo a calcio. Se li facciamo noi sotto la doccia, siamo dei buzzurri e facciamo schifo. Se li scrive Tarantino per il suo prossimo film, è un fico e gli danno pure un Oscar. Vai a capire. E comunque, giù a ridere.

«Sì, ma minchiate a parte, non per girare il dito nella piaga Alan, ma io che una donna ce l'ho ancora, settimana prossima le devo comprare il regalo per il nostro anniversario e non ho un'idea...» ci confessa avvilito Simone entrando per ultimo sotto il getto bollente della doccia.

«Ma ci vuoi spiegare perché ci conosciamo da una vita e fai sempre la doccia col costumino?» gli fa notare Fabio, mentre Simone lotta con la manopola del rubinetto alla ricerca della giusta temperatura. «Cos'è, non ti sono ancora cresciuti i peli pubici?»

«Prendi esempio da Mirko, che i peli ce li ha, ma se li rade per far sembrare il cazzo più lungo...» lo tranquillizzo stuzzicando contemporaneamente la dignità del Motivatore che incassa abbozzando ragioni di comodità alla sua scelta estetica.

«Guarda che nessuno di noi è Rocco Siffredi eh... non c'è da vergognarsi...»

Ridiamo tutti insieme e penso tra me e me che qualche sera fa su Sky ho visto un programma intitolato *Io e il mio pene*, in cui un giovane obeso inglese gira il mondo mostrando a totali estranei il suo cazzettino primavera incredibilmente minuscolo, in cerca di non ho capito bene cosa. Forse una pacca sulla spalla. Mi immagino per un secondo il buon Simone con il cazzo del ciccione inglese ma subito l'immagine mi disgusta e desisto.

«Ma no, è solo abitudine...»

«Se ce l'hai piccolo non ti devi vergognare. Non te l'ha mai detto nessuno che non è la grandezza della barca che conta, bensì il moto dell'oceano?» si ridesta il Motivatore, aiutandosi nella spiegazione con un movimento ondulatorio delle anche che costringe tutti quanti a distogliere lo sguardo inorriditi.

«Questa la usi per mettere le mani avanti quando incontri una donna sperando che non noti la rasatura?» chiedo.

«Ovvio!» risponde the Motivator, per nulla imbarazzato. E giù a ridere.

«Certo, certo... ma io stavo parlando di un problema serio. Non so cosa comprarle» ripete sconsolato Simone, lottando con la temperatura dell'acqua che non riesce a regolare tiepida.

«Prima che iniziate a tirar fuori consigli del cazzo, come dildi, lubrificanti vaginali, e gatti a nove code, lascia che ti dia un consiglio io, che modestamente sono l'unico che una donna è riuscito a sposarsela. I diamanti. Sembrerà banale ma è l'unico linguaggio che le donne comprendono» sentenzia Cibbì.

«Ma con chi cazzo pensi di essere venuto a giocare? Con la nazionale del Dubai... Che se poi lo molla dopo una settimana, gli tocca darle una coltellata per farselo ridare...» prova a opporsi Dery.

«Tranquillo che se dopo un anno che state insieme le regali un diamante resta con te almeno fino all'anniversario dopo, giusto per curiosità» aggiunge Cibbì a denti stretti, con la faccia piena di schiuma.

«Allora regalale un gioiello, però che costi meno... Che ne so, un braccialetto d'argento, una catenina col ciondolo, un paio di orecchini a buon prezzo...» patteggia di nuovo Dery. E in quel preciso istante la mia schiena si è ghiacciata e tutto ciò che le mie orecchie riescono a sentire è un lungo fastidioso e costante fischio mentre il petto avvampa di calore. Le gocce d'acqua che mi picchiettano la testa e le spalle e che formano piccoli laghi nell'incavo dei gomiti piegati non riescono più ad avere un effetto rinvigorente e mi sento le gambe molli senza riuscire a capirne il motivo. Non riesco a stabilire con precisione cosa mi sia successo, ma nonostante ne senta tutti i sintomi, inspiegabilmente non vengo nemmeno sfiorato dall'idea di un colpo al cuore. È come se mi sentissi prossimo all'infarto, sapendo perfettamente però che non sto correndo nessun pericolo di quel tipo. No, non è ancora arrivato il momento di lasciare questa valle di lacrime. Eppure sono stato colpito da qualcosa o qualcuno, anche se non sono riuscito a vederlo. I contorni degli altri sotto la doccia si fanno sempre più sfuocati e le loro voci sono attutite dall'eco delle ultime parole di Dery.

Un braccialetto d'argento.

Quando ripeti una balla all'infinito...

Una collanina col ciondolo.

... alla fine diventa la verità.

Un paio di orecchini a buon prezzo.

Come quello nella macchina del mio migliore amico. Come quelli che avevo regalato a Viola per il nostro anniversario.

Immagina

Immagina cinque amici. Immaginali a dieci anni, compagni di scuola. Immaginali a sedici anni, ogni sabato sera fuori fino all'una e mezzo, massimo le due, senza avere mai realmente qualcosa da fare. Immaginali a diciott'anni a fare i turni per chi prende la macchina. Immaginali a diciannove anni mentre affrontano, ognuno a modo suo, la maturità. Immaginali in vacanza in giro per l'Europa. Immagina Barcellona, per esempio. Immaginali in campeggio, insieme ad altri ragazzi stranieri che non conoscono, ubriachi di Martini, mentre tentano di attaccare bottone con due ragazze di Copenhagen. Immaginali mentre due di loro se le fanno nella stessa tenda in cui gli altri tre dormono. Immaginali a Capodanno a Parigi, senza un albergo in cui passare l'ultima notte del loro viaggio.

Immaginali mentre dormono in metropolitana stretti l'uno contro l'altro come una cucciolata di labrador. Immaginali mentre si svegliano in un vagone circondati da migliaia di parigini pronti ad andare a lavorare, che tentano di non calpestarli e li guardano con la stessa espressione compassionevole con cui loro, di solito, guardano i barboni che dormono sulle grate della Stazione centrale. Immaginali a Londra, in un ostello della gioventù di Camden Town, fatti di popper mentre litigano con due ragazzi di Liverpool che non riescono a dormire disturbati dalle loro risate isteriche, idiote, dopate. Immaginali a Stoccolma a bordo di un battello verso Djurgården mentre la guida turistica parla ad alta voce e uno di loro sta col culo fuori dall'imbarcazione. Immaginalo mentre caga nel lago. Immaginali a Genova, Torino, Milano, Tortona. Immaginali mentre litigano per una ragazza, mentre si sfottono per i risultati delle loro squadre di calcio, mentre si scambiano copie masterizzate di cd che, anni dopo, avrebbero rinnegato per tutta la vita. Immaginali mentre uno di loro ha bisogno di aiuto e gli altri sono al suo fianco, al loro posto, come amici, come fratelli, come soldati. Immagina un albero pieno zeppo di tacche, incise negli anni con le chiavi di casa o della macchina, da sinistra a destra. Immagina che ogni tacca abbia un significato, sia legata a un momento importante per ognuno di loro. Immagina che quell'albero sia il loro corpo comune e ogni tacca sia un tatuaggio. Immaginali intorno a quell'albero mentre si abbracciano. Qualcuno piange, perché la ciucca gli era salita triste. Si dicono che saranno amici per sempre. Mentre si promettono che niente li potrà mai dividere. Immaginali quindici anni dopo. Ognuno per conto suo.

O quasi.

Ho nelle orecchie una melodia armoniosa, rilassata, piacevolmente malinconica. È un suono soave di tasti di pianoforte pizzicati con grazia femminile. Una grazia fuori luogo, che non si addice minimamente alla situazione. Accenno qualche passo di danza a occhi chiusi, volteggiando su me stesso e lasciando ciondolare la testa al ritmo di quella musica che nessun altro può sentire, mentre con una mano tratteggio linee invisibili in aria e con l'altra reggo un calice colmo di vino fino all'orlo. Sto cercando di godermi il momento. Di non sentirmi in colpa per quello che sto facendo. Di convincermi che non c'era altra soluzione. Per vederci una ragione, al di là di tutto. Continuo a tenere le palpebre chiuse e a roteare sul posto dandomi di tanto in tanto una spinta con una gamba come se andassi su uno skateboard, per poi tenerla leggermente inarcata, come la ballerina di un vecchio carillon. Le finestre chiuse con le tapparelle abbassate lasciano entrare pochissima luce, giusto quella che serve a non andare a sbattere contro le cose.

Do una sorsata al vino e appoggio il bicchiere sul tavolo, a memoria. Solo successivamente apro gli occhi, per prendere coscienza della realtà. Faccio un lungo respiro, per prendere coscienza di me stesso. Mi gira lievemente la testa e allora inalo altra aria, questa volta più profondamente, prima di sputarla fuori dai polmoni con tutta la forza che ho e finalmente voltarmi ebbro d'eccitazione.

In mezzo alla stanza c'è Dery. Seduto su una seggiola di plastica rigida e colorata, di quelle sedie di design che fanno tanta scena ma sono terribilmente scomode, e alla quale l'ho legato. Mi avvicino a lui e gli appoggio una mano sulla spalla. Il corpo di Dery si contrae in uno spasmo che cerco immediatamente di calmare.

"Shhh!" gli sussurro avvicinandomi all'orecchio, e lasciando che il mio alito gli congeli il sudore sul collo. "Shhh!" gli ripeto. "Non ti sarai mica spaventato? Sono qua da un pezzo ormai..." Dery mi segue con lo sguardo finché può, mentre mi muovo dietro di lui, facendo rimbalzare le pupille da destra a sinistra, come se stesse assistendo a una partita di tennis. Sto iniziando a sudare anche io e la cosa mi infastidisce.

Alle spalle del mio amico, carico il braccio in alto cercando di concentrare nel palmo della mano tutta l'energia disponibile nell'universo. Quando la mano inizia a tremare per lo sforzo lascio scattare il braccio all'improvviso, come la lama di una ghigliottina. Il coppino che ne esce piega la testa di Dery in avanti con una violenza tale che il rinculo a momenti gli spezza il collo. Lo guardo e mi complimento mentalmente per la scelta del coppino, al posto di un più banale pugno o di uno schiaffo. Colpirlo dietro la testa con il palmo della mano bello aperto e teso è forse meno doloroso di un bel cazzotto sui denti, ma presenta il vantaggio di cogliere la vittima di sorpresa, di lasciarla ugualmente stordita e soprattutto è più umiliante per chi lo riceve.

In fondo questo è il vero punto. Umiliarlo. Farlo soffrire, certo, ma soprattutto umiliarlo come lui ha umiliato me. È per questo che l'ho spogliato e legato alla sedia con un rotolo di nastro da imballaggio. Per fargli male, sicuro. Ma soprattutto per levargli la dignità. La dignità di guardare il suo migliore amico negli occhi a testa alta sapendo che ti sei scopato la sua donna. Gli do un altro schiaffo, questa volta intimidatorio, preoccupandomi non tanto della potenza, quanto piuttosto che faccia un bel rumore altamente scenico. *Ciaff!* Secco, su quei suoi zigomi bianchi e cicciotti.

"Cosa ti aspettavi, eh? Perché mi guardi con quegli occhi supplicanti? Pensavi che non lo sarei mai venuto a sapere?"

Dery cerca di ricacciare dentro il muco che gli stava colando dal naso e scuote appena il capo, lanciando un gemito acuto, in parte soffocato dal nastro adesivo che gli avevo applicato sulla bocca, che gli gonfia le guance e le vene del collo.

"Cazzo, era così difficile rispettare le regole? Vietato farsi la madre e le fidanzate, passate e presenti, del tuo migliore amico! Non mi sembra così complicato!" Finto un altro schiaffo e mi godo il suo scatto di paura. Abbasso il braccio e Dery sembra quasi rilassarsi. Alzo di nuovo la mia mano su di lui di scatto, e lo guardo tendersi e contorcersi di nuovo, strizzando gli occhi e infossando la testa tra le spalle per schivare l'impatto. Abbasso ancora una volta le braccia e Dery si ammorbidisce come una marionetta abbandonata. È in mio totale controllo. Chiudo le mani intrecciando le dita in un unico pugno, me lo porto all'orecchio e rilascio improvvisamente il braccio come un battitore di baseball, cercando di fare più danni possibili su quella sua faccia di cazzo. Il pugno lo colpisce dall'alto al basso, prima di striscio sull'arcata sopracciliare quel tanto che basta per lacerarne la carne facendola esplodere come un gavettone di sangue, e poi in pieno sul naso che si piega di lato aprendo un rubinetto di liquido rosso rubino. Il rumore del setto nasale che si frantuma si è quasi sentito. Il dolore alla mia mano è così intenso che per un attimo credo che il sangue depositato sulle nocche sia il mio. I muscoli del collo hanno abbandonato il mio amico e la testa gli penzola inerme, strisciando il mento sul petto. Se non fosse per il pianto singhiozzante che lo scuote a intervalli regolari, penserei si sia addormentato. Lo afferro per i capelli sudati sulle tempie e lo obbligo ad alzare la testa e guardarmi. Sotto la sedia si è formata una piccola pozza di pipì trasparente striata di rosso. Nei suoi occhi vedo solo paura, ma non è quello che cerco. Cerco lucida comprensione della mia rabbia. Cerco approvazione per tutto quello che sto facendo. Cerco una benedizione per la mia scelta. Continua Alessandro. Vai avanti. È quello che mi merito e se non lo fai tu lo farei io. Prendo il bicchiere di vino dal tavolo e lo finisco in un'unica sorsata. Mi convinco che nel suo sguardo la paura stia lasciando spazio alla rassegnazione e allora provo a comunicargli io qualcosa. Cerco di trasferirgli anni, passati, di fiducia e sincerità che lui ha ormai inquinato per sempre. Cerco di iniettargli piccole gocce di disillusione e la totale sfiducia nel prossimo che ormai non mi abbandonerà più, come un virus mortale. Voglio infettare anche lui. Voglio che anche lui viva nel terrore e nello smarrimento dovuto alla consapevolezza di non potersi più fidare di nessuno. Al mondo siamo soli a quanto pare, ed è giusto che anche lui lo sappia. "Non sarò certo io a perdonarti... Non lo dovevi fare. Cin cin!" è l'ultima cosa che gli dico, prima di frantumargli il bicchiere in faccia.

L'immagine nitida davanti ai miei occhi mi dà i brividi. So con certezza che non potrei mai fargli niente di simile, ma fino a ieri non pensavo nemmeno di poterlo immaginare. So che non risolverei nulla, ma avrei proprio bisogno di sfogarmi contro di lui. Ancora non riesco a credere che il mio migliore amico si sia fatto la mia donna. È uno stupido cliché. Ormai non succede nemmeno nelle più squallide commedie romantiche da quattro soldi, penso. E invece è successo proprio a me.

Non ho un ricordo preciso di come sono tornato a casa dopo la partita di calcetto ieri sera, ma appena rientrato ho chiamato Viola dal telefono fisso.

«Tu e Dery avete scopato?» le ho chiesto immediatamente. Il silenzio seppur breve che ne è seguito valeva più di una risposta.

«Ma sei scemo? Cioè... sono allibita... dopo quello che è successo, mi chiami per dire sta cazzata?» Le va dato atto di averci provato, quindi l'ho lasciata parlare per un po', ma nel giro di un paio di minuti aveva vuotato il sacco, arricchendo la storia di particolari che non ero nemmeno sicuro di voler sapere. Ovviamente era stata solo una volta, ovviamente in una sera in cui si sentiva un po' persa, e ovviamente il motivo della sua tristezza ero io. Quindi, come al solito quando scopri di essere cornuto, tentano anche di convincerti che la loro sia stata una decisione necessaria, dovuta al tuo pessimo modo di essere una persona su questa terra. Ti convincono che sia colpa tua. Ovviamente dopo era stata malissimo e voleva raccontarmi tutto, ma di comune accordo col mio migliore amico avevano pensato che fare finta di niente sarebbe stata la soluzione migliore per tutti. Ecco, questo è il momento in cui mi è sembrato di capire qualcosa della vita, per quanto confuso fossi.

Avrei potuto avventurarmi in una sceneggiata di un'ipocrisia totale, rivendicando il mio diritto di sapere, e la mia condizione di vittima e la loro mancanza di amore nei miei confronti, ma invece sono rimasto in silenzio, appesantito da un inconsueto bisogno. Non ho aggiunto altro, l'ho salutata e sono riuscito incredibilmente a addormentarmi esausto.

Oggi, per tutto il giorno, quel bisogno non mi ha ancora abbandonato, aleggiandomi sopra la testa tanto necessario quanto irraggiungibile. Anche adesso, mentre fuori inizia a fare buio e cerco di sfuggire ai pensieri ascoltando un po' di musica, avrei bisogno del perdono. In questo momento vorrei essere Gesù Cristo e avere un cuore grande così, inumano, per riuscire a perdonare tutti quanti.

Le donne ti tradiscono. Gli amici ti tradiscono. I genitori, loro malgrado e spesso senza nemmeno accorgersene, pure. E lo stesso ho fatto io con ognuno di loro, almeno una volta. È un mondo di imperfezione, che azzera completamente ogni mia possibilità di giudizio. Riesco solo a dover ammettere che nessuna esperienza passata, per quanto dolorosa o significativa, riesce a metterti al riparo da quello che succederà domani. Perché le cose non succedono mai nel momento in cui le capiamo. Hanno radici più profonde e si rivelano solo dopo essersi già prese gioco di noi, lasciandoci solo la scelta di odiare o perdonare. *Abbey Road* sta continuando la sua terapia attraverso le casse del mio stereo. È il mio disco dei momenti difficili. Mi piace perché è l'ultimo album registrato dai Beatles, nonostante sia stato pubblicato ben prima di *Let it be*. È una fine-non fine. È una speranza. È la forza di un addio, privata dall'angoscia che provoca la consapevolezza di essere al capolinea di una vita. Arriva il sereno, è stato un lungo, freddo e malinconico inverno, mi consola George Harrison, e mi rigirano in testa le parole del signor Bruno in ospedale.

Era appena passato un inverno e un altro sembrava già dietro l'angolo. Dery era stato un buon amico, tradimento a parte? Ormai, che ne so... e il tradimento può essere considerato una venialità? Mi irrita non essere abbastanza lucido da riuscire a vedere la situazione più chiaramente, ma posso solo procedere a piccole intuizioni, fugaci lampi in un inaspettato buio tutt'intorno.

«Pronto?» rispondo al telefono senza quasi rendermene conto.

«Oh, sono io... scendi?» la voce di Dery mi coglie del tutto impreparato.

«Per fare cosa?» domando, come se la risposta possa fare una qualunque differenza.

«La cena col Motivatore per il suo compleanno. Te l'ho detto che ieri sera mi sembravi un po' rincoglionito... pensavo avessi preso l'influenza...»

«No...»

«Be', ma occhio che è in giro eh...»

Era stato un buon amico, tradimento a parte?

«Be' dài... ti aspetto qua sotto, muoviti che sono messo male con la macchina, ok?»

Vorrei essere Gesù Cristo per essere in grado di perdonare.

«Ah, no aspetta... questa te la devo dire. Ieri tornando a casa ho pensato a sta cosa... se Hitler invece che nascere in Germania fosse nato...»

«In Austria» lo interrompo controvoglia.

«No, no... meglio, fosse nato...»

«Hitler non è nato in Germania. È nato in Austria» puntualizzo.

«Ah, ok... be' poco cambia. Se invece che in Austria fosse nato in Brasile, al mare, in mezzo alle fighe... ecco, secondo me non ci sarebbe stata la Seconda guerra mondiale, no? Chi glielo faceva fare a quel punto?»

Non riesco a non sorridere, ma lo faccio in silenzio, come per evitare che io stesso me ne accorga. "Era stato un buon amico, nonostante tutto?" mi domando mentalmente mentre Paul McCartney mi avvisa: *In the end the love you take is equal to the love you make.* Io mi domando anche se i conti tornino mai.

«Be', quindi... scendi o no?»

Arnoldo Mondadori Editore S.p.A.

Questo volume è stato stampato
presso Mondadori Printing S.p.A.
Stabilimento Nuova Stampa Mondadori - Cles (TN)

Stampato in Italia - Printed in Italy